왜 읽을 수 없는가

왜 읽을 수 없는가

지비원

인문학자들의 문장을 돌아보다

메멘토문고 나의독법

[차례]

일러두기

● 일본 인명은 외래어 표기법에 따라 표기하되, 참고도서의 저자 명 표기 오류는 출처 표기 시 그대로 두었다. 예) 우치다 타츠루, 와시오 켄야

● 『 』는 책에 사용하고 《 》는 잡지, 신문, 정기간행물에, 「 」는 논문, 기사 명 등에 주로 사용했다.

왜 어떤 글은 읽을 수 있고, 어떤 글은 읽을 수 없는가

편집자에게 전문 분야란 없다. 어디까지나 초보자를 대표
하는 처지다.

—와시오 겐야(전 고단샤 현대신서 편집장)

나는 잘 읽지 못하는 사람이다. 이 책은 '읽지 못하
는 글'을 어떻게든 읽으려고 오랜 세월 동안 몸부림친 경
험의 기록이다.

책을 만드는 편집자이자 번역자로 지금까지 내가 세
상에 내놓은 책을 읽은 독자들께는 '제대로 읽지도 못하
는 사람이 책을 만들었다'는 고백을 한 셈이라 정말 죄송
하지만, 일을 오랫동안 해오면서도 여전히 읽기에 자신
이 없다. 그럭저럭 많은 글과 원고를 읽었고 책을 만들다
보니, 아무리 최선을 다해도 타고난 재능을 화려하게 펼

쳐나가는 사람에게는 미치지 못할 수 있는 게 냉정한 학문의 세계임을 누구보다 잘 알게 되었다. 한계를 극복하려고 대학원도 다녔지만 '잘 읽지 못하는' 데는 큰 변화가 없었다. 그럭저럭 20년이 조금 안 되는 세월 동안 왜 읽지 못할까, 어떻게 하면 읽을 수 있을까를 고민하다 보니 그것이 어느덧 사람들과 이야기를 나누고픈 주제가 되었다.

우리는 지금 수많은 글(때로는 말의 성격에 더 가까운)에 둘러싸여 산다. 책을 쳐다보기만 해도 중압감에 짓눌려서 전통적 의미의 독서는 기피한다 해도, 인터넷 세상에 들어가면 어떤 식으로든 읽지 않는 사람은 없다. 또 원한다면 쓸 수 있는 기회도 무한하게 보장되어 있다. 읽고 쓰는 경험은 인터넷이 없던 시절에 비해 결코 적다고 할 수 없다. 하지만 점점 독서를 하지 않는다, 제대로 된 글쓰기를 찾기 어렵다는 한탄이 끊임없이 들린다. 공부를 전문적으로 하지 않는 사람이라 해도 이 간극을 다 안다. 인터넷 세상에도, 그 바깥에도 엄숙하고 어렵지만 '권위'를 갖춘 글이 있다는 사실을 부인하지는 않는다. 하지만 절대 그 글 쪽으로 접근하려 들지 않는다. 여러 이유가 있을 것이다. 이 중에서 나는 '하지 않는' 것이 아니라 '하지 못하는' 쪽에 초점을 맞추려 한다.

왜 읽기와 쓰기가 점점 자유로워지는 듯하면서도 한없이 얄팍해진다는 고민을 안게 될까? 물론 이는 기존에 존재하지 않았던 매체, 즉 인터넷의 발달과 큰 관련이 있다. 이 문제에 대해서는 뒤에서 다시 다루기로 하고, 우선 인터넷 이전의 독서란 어떤 것이었는지 개인적인 경험을 이야기하고 싶다. 인터넷 때문에 독서 능력이 점점 쇠퇴한다는 말이 사실인지 의구심이 있기 때문이다.

이 사회에서 독서에는 언제나 이중 구속이 기능해왔다. 독서 자체를 부정적인 행위로 보는 사람은 아무도 없다. 책을 읽는 행위는 각 개인에게 부담이 될지언정 늘 긍정적으로 여겨졌고, 사회적으로도 권장된다. 이와 동시에 누구나 입시에 필요한 만큼을 제외하면 독서를 '지금 당장은 필요하지 않은 행위'로 간주하는 시절을 겪기도 한다.

내가 고등학생이던 1990년대 초·중반을 돌아보고싶다. 지금은 내신과 수능 성적 이외에 여러 평가 항목을 대학에서 요구하고, 게다가 매체 환경이 그때와 비교할 수 없을 만큼 달라졌다. 그러니 요즘 청소년들이 교과서와 문제집만을 정답이라고 믿으면서 살지는 않을 것 같다. (그게 오히려 더 부담이라는 이야기도 있으나 일단은 여기서 이야기할 만한 주제는 아닌 듯하다.) 그러나 독서는 그때도 일종의 사치였고 학교라는 공적 환경에서 절대 권장되는 행위가 아니었다. 딱히 놀 거리와 즐길 거리를 찾지 못해서(그러니까 인터넷도 스마트폰도 없었다!) 독서를 하는 경우가 종종 있기는 했지만, 자습 시간에 참고서나 문제집을 보지 않고 다른 책을 읽는다는 것은 상상할 수 없었고, 어쩌다 책을 읽으면 친구들 사이에서도 눈총을 받기 일쑤였다. 시간 많구나, 포기했구나, 그런 인상을 서로 주고받는 것이다. 훌륭한 독서 체험 같은 것은 '나중에' 얼마든지 할 수 있다, 그러니 '지금 당장은' 하지 말라는 것이 당시 부모님과 선생님 들의 암묵적 '지시 사항'이었다.

사정이 이러하니 특별한 재능이나 흥미를 갖지 않은 사람이라면 사실 대학에서, 특히 문과 계열 대학에서 요구하는 독해력이나 보고서 작성의 기초 같은 건 제대로 배우지도 연마하지도 못한 채 대학에 들어가게 된다. 논술이 있기는 했으나 논술 시험을 보려고 준비하는 학생 자체가 드문 시절이었던 데다, 왜 그런 시험이 필요한지 제대로 된 설명조차 거의 들어보지 못했다. 20여 년이 훌

쩍 넘은 지금, 중등 교육 현장이 얼마나 달라졌는지 나로서는 정확히 파악할 수 없지만, 많은 대학생이 앞다투어 독서에 열중하고 예전보다 월등히 출중한 독해력을 갖추고 훌륭한 보고서를 제출한다는 이야기는 못 들었으니 (그 반대 이야기가 많이 들린다.) 사정이 달라졌다면 얼마나 달라졌을까 싶다. 독서란, 그것에 대해 고담준론을 늘어놓는 지식인들의 자력갱생한 경험과는 달리, 공부를 전문적으로 하지 않는 이들에게는 여전히 매우 특별하고 특수한, 쉽게 다가가기 어려운 체험이다.

***

교과서와 문제집만 파고들다 대학에 들어가면 어떤 상황을 마주하게 될까? 내 경험을 이야기하자면 '○○학 입문' '○○학 개론'이라는 제목을 단 책들을 보자마자 두 손을 들 수밖에 없었다. 예를 들자면 대체로 이런 글들이 실려 있었다. "이러한 이론에 있어서의 문학은, 러시아의 비평가 로만 야꼽슨의 말을 빌자면, '일상언어에 가해진 조직적인 폭력'을 나타내는 부류의 글을 말한다. 문학은 일상언어를 변형하고 강도있게 하며 일상적인 말로부터

계획적으로 일탈한다는 것이다."[1] 이게 도대체 무슨 말인가? 내가 알고 있는 한국어가 맞는가? 학술 언어의 첫인상은 '외계어'나 다름없었다. 이런 말을 구사하는 사람들은 나와 같은 경험을 하고 같이 살아가는 사람이라기보다 '외계에서 온 분들'이었다. 세상에나. 이런 문장을, 이런 글을 척척 읽고 논문까지 쓰는 사람들이 정말 많구나! 와, 진짜 공부를 잘한다는 건 저런 사람들을 두고 하는 말이구나, 큰일났다, 앞으로 어떻게 공부해야 하나, 과연 내가 살아남을 수 있을까? 머릿속에 곧장 수많은 두려움이 스쳐 지나갔다.

하지만 대학은 공부를 하지 않아도 어떻게든 졸업할 수 있는 곳이다. 또 1990년대 후반은 학생들 사이의 사회화 기능이 대학에 그럭저럭 남아 있던 시절이었다. 여러 선후배, 동기 들과 만나고 시대와 사회에 대해 고민하는 것도 대학 생활의 중요한 일부였다. 학과 공부가 중요하지만 하지 않겠다, 그에 대한 책임을 지겠다는 개인적 선택도 얼마든지 가능했다. 물론 학과 공부 대신 '세미나(사회과학 서적 읽기와 토론)'를 강조하던 선배들이 있기는 했으나 점차 그런 세미나나 선배들의 영향력은 수명을 다해가고 있었다.

또한 독서에서 중요한 키워드가 '사회과학'에서 '교양'이나 '인문학'으로 넘어가는 시기이기도 했다. 시대 배경을 핑계 삼고 싶지는 않지만, 대학 4년 동안 학과 공부도 제대로 안 하고 운동이나 동아리 같은 학생들 사이의 활동도 적극적으로 참여하지 않은 채 어영부영하다가, 막상 전공 서적을 잘 읽지도 못하고 그에 관한 글을 쓰지도 못하는 나 같은 사람이 나오는 것도 드문 일이 아니었다. 이와 같은 체험을 한 이들이 나만은 아니었을 것이다.

　학부 마지막 학년이 되었을 때에야 비로소 본격적으로 잘 읽고 싶다, 공부를 하고 싶다는 막연한 소망이 생겼지만 경제적 압박을 피할 수 없는 처지였다. 그리고 나는 4년 내내 전공과 관련해서는 딱히 '잘 읽지도, 쓰지도 못하는 사람'이라는 개인적 고민을 풀지 못한 채 불민함과 게으름을 안고 지내다 어쩌다 책을 만드는 사람이 되었다.

　처음 만든 책이 하필이면 고등학교 국어과 교과서였다. 교과서란 그 어느 책보다 논리적이고 정밀한 문장을 요구한다. 아마 교과서에서 주-목-술 관계를 제대로 맞추지 못한 문장(비문)이나 오타를 발견한 사람은 없을 것이다. 집필자와 편집자 들이 열 번도 넘게 교정쇄를 뽑아가며 검토하고, 그 과정을 마치면 교육과정평가원의 심사를 통해 다시 한번 오류를 걸러내기 때문이다. 그 어려운 과정을 거치면서 발견한 것 중 한 가지는 나는 제대로된 문장을 쓸 줄 모르는 사람이었다는 사실이다. 그 사실을 깨닫고 나니 청소년 시절에는 쳐다보기도 싫던 교과서에 존경심이 생기기도 했다.

교과서가 아무리 새로운 교육 과정에 새로운 체제를 갖췄다고 해도 내가 대학 시절에 품은 고민과 좌절감을 풀어줄 수 있는 책인지 고민하게 되었다. 교과서만 보고도 대학에서 공부할 수 있는 '기초 체력'을 다질 수 있을까? 학생들이 좀 더 잘 읽고 쓸 수 있게 될까? 그래서 나와 같은 고민을 조금이라도 덜 하게 될까? 『국어』라면 어학과 문학, 『수학』이라면 수와 관련된 학문의 전체상을 그릴 수 있도록 기초 지식을 제공하고 이해시켜야 하는데, 교과서는 여전히 각 단원이 잘 연계되지 않는 분절적인 지식을 담고 그것들을 더 토막 내 응용하기를 원하는 책이었다. 결국 입시를 위한 책일 뿐, 읽는다 해도 대학에서 요구하는 학술 지식을 습득할 수 있는 능력을 기르기는 힘들다. 게다가 교과서나 참고서에 그런 역할을 기대하지도 않는다. 어떻게 해야 좋을까? 교과서나 참고서를 편집하는 것도 의의가 있었지만 가급적이면 내 고민과 일치하는 일을 하며 살고 싶었다.

그건 우선적으로 나를 위한 고민이었다. 교과서와 대학 공부 사이를 연결하는 중간 단계의 책들이 있다면 대학 시절에 그렇게 고생하지 않아도 됐을 것이다. 교과서 밖의 독서가 딱히 권장되지도 않는데 적절한 독서 프로그램을 지도할 사람마저 없다면 그야말로 망망대해에 던져진 일엽편주 같은 신세를 강요하는 것과 다름없지 않은가? 고등학교만 졸업한 '일반인'의 입장에서 철학이든 역사든 과학이든 내가 모르는 것들을 배워가는 과정을 담고 싶다. 그 과정이 책이 될 수 있다면 나와 같은 고민을 하는 사람들에게 조금이라도 도움이 되지 않을까? 다행히 그런 고민을 알아준 분이 있어서 다른 출판사에 들어갔고 이번에야말로 '교과서(중등 교육 과정)'와 '학술' 사이를 메울 수 있을 거라는 기대를 품었다. 그 출판사는 훌륭한 필자들이 앞다투어 책을 내고 싶어 하는 곳이었고 공부를 아주 많이 한 분들을 접할 기회가 늘 있는 곳이었다.

결론부터 말하자면, 내 시도는 여러 가지 면에서 실

패로 끝났다. 물론 어딘가에 있을 좋은 필자를 찾는 노력이 부족했거나 책 만드는 능력이 부족했다는 것 등 큰 원인은 분명 나에게 있었다. 하지만 마지막으로 기획한 책을 둘러싼 일들은 여러모로 심상치 않았다. 나뿐만 아니라 비슷한 시기에 대학을 다닌 사람 중에는 문학 평론을 좋아해서 교양 차원에서 읽는 이들이 있었고, 나 역시 한국 문학을 공부했던 만큼 감히 쓸 엄두는 내지 못했지만 문학 평론을 좋아했다. 평론이란 문학을 깊이 있게 읽는 작업이며 그런 작업이 재미있다는 정도까지 알고 있었기 때문이다. 문학 작품을 보다 즐겁게 읽기 위해 독후감 수준은 넘어서는 기초적인 평론 방법을 알려주는 청소년 책이 있으면 좋겠다는 생각을 했고, 신뢰하는 필자 선생님과 뜻이 맞아 그런 책을 준비하게 되었다.

시작은 '청소년 책'이었으나 막상 집필에 들어가니 선생님이 많이 힘겨워하셨다. "아이고, 아무리 애를 써도 대학 1학년 수준 아래로는 잘 안 내려갑니다." 이것이 집필을 어느 정도 끝낸 선생님의 말씀이었다. 그동안 다른 선생님들의 '쉬운 글'(이라고 하나 청소년들이 읽기에는 절대 안 쉬운 글)에 덴 경험이 많았기에 그럴 수 있다고 생각했다. 하지만 선생님은 청소년 교육에 관심이 많으셨을 뿐만 아니라 그 출판사의 청소년 도서 기획의 중추였고, 대학 교수가 되기 전에는 고등학교 교사를 지낸 경험도 있었다. 내가 책을 만들면서 의논할 수 있고 의지가 되는 분이기도 했다. 그런 분께서 '아무리 해도 대학 1학년이 읽을 만한 글'—선생님도 늘 생각하시던 '중간 성격의 책'을 벗어나 이미 학술 쪽으로 가까워진—이하로 집필 수준을 낮출 수 없다고 하신 말씀은, 사실상 내 시도가 실패했다는 상징적 선언이나 다름없었다. 결국 선생님의 노력이나 고생과 별개로 처음에 의도했던 책—문학 작품 독해가 그만큼 재미있는 일이고 평론에도 관심을 갖게 될 만한 그런 책—과는 조금 다른 책이 만들어졌다.

더 큰 일이 출간 후에 벌어졌다. 소위 교육 대학의 교수들이 그 책의 많은 분량을 무단 전재하여 표절 소송까지 벌어진 것이다. 당연히 저자 선생님도 한탄하셨지만 기획자인 나는 다른 방향에서 어이가 없었다. 당신들이 하셔야 할 일은 대학 교육과 고등학교 교육 사이의 간극을 이해하고 어떻게 하면 학생들에게 문학의 즐거움을 좀 더 쉽고 깊이 있게(형용모순 같지만 내 목표는 언제나 그랬다.) 전달할 수 있는지를 고민하는 것 아닌가? 왜 당신들의 기본적인 의무와 책임을 방기하고 남이 애써서 만든 책을 수십 쪽이 넘게 베끼는가? 그 일은 내게 중등 교육에서 다루는 내용, 구사하는 문장, 학술적인 글, 그리고 학문하는 태도 사이의 풀기 힘든 난맥상을 잘 드러낸 사건으로 보였다.

청소년 교육에 관심과 열정을 쏟아온 이들도 힘겨워하고, 심지어 대학 교수라는 사람들이 베껴야 할 만큼 '이해하기 쉬운 문장에 깊이 있는 내용'을 쓰기란 정말 어려운 일일까? 나의 무지와 '모른다'라는 말을 무기 삼아 선생님들에게 불가능한 작업을 요구한 걸까? 그런 답 없는 질문을 얼마나 했는지 기억나지도 않으며, 지금도 이 고민은 계속되고 있다.

***

요즘은 '신문'이라는 말도 점점 낯설어지며, 그 자리를 '뉴스'라는 말이 대신한다. 사람들은 뉴스 기사가 조금만 길어져도 100자, 때로는 50자로 요약해달라는 말을 서슴없이 댓글로 단다. 이 때문에 주간 단위로 발행하는 공들인 기획 기사가 0.1초짜리 '뒤로가기' 버튼 클릭과 동시에 묻히는 아픔을 맛보는 기자도 많을 것이다. 그런 한

편, 교양이나 인문학을 표방하는 '재미있는' 방송을 선호하는 사람들의 열기를 이해하지 못하는 '학자'들도 많다. 누구나 쉽게 지식에 접근할 수 있는 환경의 변화는, 사람들이 접하기 쉬운 글과 교양과 학문 사이의 관계가 황금비를 이루게 하기는커녕 관계의 간극을 벌이고 실마리도 잡을 수 없게 뒤엉키게만 하는 것 같다.

이러한 문제에 대한 진단과 해결책이 쉽게 나올 수는 없고, 전문 분야에 따라 그 해법도 다를 것이다. 나는 출판 분야에서 오랫동안 일했지만 이 문제에 대해 견해를 내놓을 만한 주제는 못 된다. 그러나 오랜 시간 글을 전문적으로 쓰는 이들, 특히 인문학 연구자들의 문장을 많이 다루었고, 이를 오류가 없고 되도록이면 독자층에게 가장 적합한 형태로 전달해야 하는 책임을 지며 살아왔다. 그렇기에 어떤 '글'에 대한 사회적 책임이 일차적으로 글쓴이와 그 글을 편집하는 사람에게 있다고 믿는다. 그 때문에 나는 '안 읽는' 독자들을 먼저 탓하고 싶지는 않다. 그 대신 글쓰기가 직업인 사람들, 자신이 쓴 글에 사회적 책임을 져야 하는 사람들의 문장을 한번 돌아보고 싶다. 글이 길고 조금만 어려워도 사람들이 고개를 돌리는 현상에 대해서는 이미 충분히 질책해왔다고 생각하기 때문이다.

글이 어렵게 느껴진다면 그것은 읽지 않는, 공부를 하지 않는 네 탓이다. 어디서 많이 들어본, 익숙한 말 아닌가? 이런 잔소리를 꾹꾹 참으며 중·고등학생 시절을 넘어온 사람들은 어른이 되어서까지 참고 견뎌야 할 이유를 찾지 못한다. 그러니 지식도 얻을 수 있다고 하고 5초에 한 번씩 빵빵 웃음도 터지게 한다는 '텔레비전 교양 프로그램'으로 몰려간다. 어떤 이들은 그런 프로그램을 얄팍하다고 한탄하고 경멸하기까지 하며 여전히 '공부 안 하는' 사람들에게 책임을 돌리고 싶어 하지만, 나는 그들이 '일반인'들의 지식욕, 지知에 대한 열망을 전혀 이해하지 못한다고 본다. 그러한 열망은 결코 작지 않다.

사람들은 '넓고 얕은 지식'이든 뭐든, 기왕이면 머릿속을 채우는 게 채우지 않는 것보다 백배 낫다는 사실을 잘 알고 있다. 왜 전문가가 조금만 재미있게 설명한다 싶으면 시청률이 그렇게 뛰어오르는가? 왜 '넓고 얕은 지식'을 표방하는데 책이 그렇게 많이 팔리는가? 단언컨대 사람들이 웬만하면 교양을 쌓고 싶어 하기 때문이다. 또 자신의 삶과 밀접하게 연관된 지식은 누구나 조금이라도 더 알고 싶어 한다. 쉽고 얄팍해 보이는 프로그램이나 책이 인기를 얻는 현상은 사람들의 지식욕을 이해하지 못하면 설명할 수 없다. 다만, 일반인들의 지식욕이 누군가 아무렇지 않게 구사하는 전문적이고 학술적인 문장에는 접근할 길을 찾지 못하는 것뿐이다.

물론 누구나 다 전문적이고 학술적인 지식을 쌓을 필요는 없다. 그러나 문제는 전문적인 지식을 상당한 수준으로 갖추어야만 이해할 수 있는 글이 남녀노소 누구나 접근할 수 있는 매체에도 남발된다는 점이다. "사회문제에서 옳고 그름은 형식논리라는 진공상태에서만 판단될 수 없다. 메시지는 언제나 맥락 의존적이며 맥락의 결정적 요소는 권력관계다."[2] "정치와 운동과 거기 참여하는 취약한 개개인들 사이의 관계는 모순적이다. 즉 위선과 모순은 어떤 본질적이고 실존적인 필연일지 모른다. 이 필연을 어디까지 허용하느냐를 우리 공동체의 시민들이 늘 질문하고 어렵게 판단하고 있다."[3] 이런 문장이 들어간 글은 매체에 '흔하게' 실리지만 '일반인'이 쉽게 읽을 수 있다고 보기 어렵다.

'좀 더 쉽게 쓰라'는 밑도 끝도 없는 강요를 하려고 이런 문장들을 가져온 것이 아니다. 독자들이 이러한 글을 쉽게 읽을 만한 환경에 놓여 있거나 있었을까? 만약 그렇지 않다면 매체 환경이 급변하는 데도 여전히 강고함을 자랑하며 절대로 변하지 않을 것 같은 어려운 글을 쓰는 필자나 그런 글을 싣는 매체 들이, 이제는 독자들이 그 글에 '접근할 길'까지 구체적으로 고민해야 하는 시점에 이른 것이 아닌가 하는 절박한 판단이 든다.

'접근할 길'을 내야 할 사람은 누구인가? 늘 공부 안 한다는 잔소리를 듣는 사람들이 그 길을 낼 수는 없다. 그 책임은 아는 사람들, 즉 지식인들이 져야 한다. 하지만 지식인들 역시 어떻게 길을 내야 하는지 뾰족한 수를 찾지 못하는 것 같다.

최근 사회학자로서 서점을 운영하며 겪은 일을 책으로 낸 노명우의 다음과 같은 말은 소위 지식인, 연구자들이 '책을 안 읽는 사람들'한테 별반 관심이 없음을 상징적으로 드러낸다. "대학 안 사람들은 책 보는 게 일상이 된 사람들이라 저는 모두가 책을 좋아하는 줄 알았어요. 그런데 막상 대학을 벗어나니 사람들이 책을 '저어엉말' 안 읽더라고요."[4] 이는 물론 얼마든지 본업에만 충실하며 살 수 있는 대학 교수가 서점 운영이라는 시대에 뒤처진 듯한 자영업을 해보며 책이 정말로 안 팔려서 겪은 어려움과 고뇌를 드러내는 말이기도 하다. 그러나 동시에 대학 '안'에 있는 이들은 대학 '밖'에 있는 이들이 무엇을 읽고 어떻게 쓰는지 '저어엉말' 모른다는 고백이기도 하다. 그러니 일반인에게 가까이 다가가는 글을 쓰고 싶어도 어떤 식으로 자신이 지닌 전문 지식을 전달해야 할지 쉽게 감을 잡을 수가 없을 것이다. 경험에 따르자면 고생고생하며 지금껏 자신이 일구어놓은 학술적 문장 또는 문체를 갈아엎느니 차라리 포기하는 경우가 많았다.

누구나 다 '일반인 대상의 문장'을 고민할 필요는 없다. 하지만 누군가는 그런 고민을 할 필요가 있고 그런 글을 쓰는 사람은 분명 '아는 사람'이어야 한다. 모르는 사람은 자신이 무엇을 모르는지도 모르는 경우가 많고, 이런 이들이 위에서 본 '어려운 문장'에 다가가는 것조차 쉬운 일이 아니기 때문이다.

일상적인 글과 학술적인 글 사이에는 쉽게 오갈 수 없는 간극이 있다는 사실만 누구나 경험적으로 알고 있을 뿐, 이들 사이를 어떻게 좁혀야 하느냐는 그다지 논의되지 않았다. 일상적으로 읽고 쓰는 글은 어떤 글들인가? 이들과 학술적인 글 사이의 간극은 과연 어느 정도인가? 왜 이런 현상이 일어나는가? 이런 현상은 언제부터 비롯했다고 볼 수 있는가? 일반 독자와 연구자를 잇는 좋은 글의 예로 어떤 것이 있는가? 비록 정치한 학술적 논의는 못 되더라도 일상적인 글과 학술적인 글 사이에 끼여 있으면서 늘 고민하던 것들을 한번 이야기해보고 싶다. 이는 물론 직업적으로 어려운 글도 읽어야 하는, 하지만 잘 읽지 못하는 특수한 입장에서 기인한 고민이기는 하다.

나는 나 혼자 뭔가 읽었다고 해서, 그리고 혼자서 앞으로 나아갈 수 있다고 해서 그것이 곧 자랑도 아니고 기쁨도 아니라는 사실을 책을 만들면서 배웠다. 책이란 독자에게 다가가지 않는 한, 때로 존재만으로는 인정받지 못한다. 널리 읽히지 않으면 그게 곧 실패를 뜻할 수도 있는 것이 책의 속성 가운데 하나이기 때문이다. 책은 언제나 '나만 알고 나만 읽자'고 내는 것이 아니다. 이 일은 더욱더 많은 이들과 읽고 싶다, 읽어주기를 바란다는 바람 없이는 할 수 없다.

그렇기에 오늘도 나는 묻는다. 왜 어떤 글은 읽을 수 있고 어떤 글은 읽을 수 없는가? 읽고 싶다, 읽어야 한다고 생각하는데 왜 읽을 수 없는가? 고등학교를 졸업하면서 달달 외워야 하는 주입식 교육과 작별하고, 대학교를 졸업하면 전공 서적마저 버려도 상관없는 것이 현실이다. 읽지 않고 살아도 상관없지만 그럼에도 어려운 글을 읽겠다고 도전했다가 실패만 거듭하는 사람들이 있다면, 왜 실패하는지 잘 설명할 수는 없어도 의문을 갖는 이들이 있다면 그들과 같이 고민하고 싶다. 그 고민을 사회적 고민으로 한번 만들고 싶다. 이것이 이 책의 소박한 소망이다.

1장

지금 우리에게
'쉬운 글'이란 어떤 글인가

우리는 쉴 새 없이 이야기를 나누었지만
과거에 대해서는 거의 말하지 않았다.
두 사람 모두 좀처럼 익숙해지지 않는 새로운
세계에 압도되어 있었던 것이다. 그러던 중에
두 사람의 입에서 거의 동시에 다음과 같은
말이 흘러나왔다. "기실 저들은 우리와 다른
언어로 말하고 있다."

—레이먼드 윌리엄스

종이신문을 꼼꼼히 읽거나 좋은 기사를
일부러 찾아 읽는 독자는 더는 '표준 독자'가
아니다.

—홍성수

현재 우리는 어떤 글을 많이 접하는가

사람들은 생각보다 글을 많이 읽는다. 인터넷이 발달하면서 텔레비전에만 의존하고 신문조차 읽지 않던 나이든 사람들조차 '카카오톡' 같은 메신저를 쓰고 인터넷 뉴스에 항상 눈길을 준다. 심지어 메신저도 안 쓰고 인터넷을 할 줄 몰라도 '유튜브'를 안 보는 사람이 있을까 싶다. 우리 집에도 그런 이가 한 사람 있다. 칠순을 넘긴 우리 어머니는 꼬맹이 손주들이 할머니하고 문자메시지를 주고받고 싶다고 불평(?)했을 때조차 자판 배우기가 어렵다고 꺼려했고, 스마트폰의 인터넷 브라우저도 켤 줄 모르지만 음성 검색을 이용해 유튜브는 쓸 줄 아신다. 당연히 거의 모든 유튜브 동영상에는 '자막'이라는 게 딸려 있다. 이들 가운데에는 전통적인 의미의 글로 봐야 할 것이냐, 활자화만 되어 있을 뿐 말에 가까운 것이냐 하는 논쟁의 소지가 있는 '글'도 있을 것이다. 하지만 '듣는' 것이 아니고, 일회성도 아니고, 분명 무언가를 읽어야 한다는 점에서 나는 엄연히 글로 취급해야 한다고 생각한다. 그만큼 사람들이 글을 읽는 비중이 예전보다 훨씬 많이 늘어났다고 봐야 한다.

카카오톡이나 인터넷 뉴스, 유튜브 자막 같은 예를 들긴 했지만, 우리는 지금 어떤 글을 많이 읽을까? 어떤 글이 쉽고, 어떤 글이 어렵다고 생각할까? 우선 일상에서 쉽게 접할 수 있는 글에는 어떤 종류가 있는지 따져보자. 독서는 모든 사람이 할 수 있는 읽기 행위이기는 하지만 절대 일반적이고 보편적인 행위라고 할 수 없다. 문화체육관광부의 『2019년 국민 독서실태 조사』에 따르면, 1년 동안 책을 한 권 이상 읽는 성인이 약 50퍼센트, 한 권도 읽지 않는 성인도 똑같이 50퍼센트에 이른다. 성인 두 사람 중 한 명은 1년 동안 책을 한 권도 읽지 않고 지낸다는 얘기다.

일단 책은 저 멀리 밀어두자. 그 대신 오늘 아침에 일어나서 어떤 글부터 읽었는지 돌이켜보자. 메신저를 확인하는 사람도 있고, 사회관계망서비스(이하 SNS)를 보는 사람도 있을 것이다. 메신저는 주로 대화에 가까운 글을 주고받는 데 쓴다. 대화하는 사람들만 아는 은어나 줄

임말, 이모티콘 등을 쓰기도 하지만, 대화의 성격을 띠므로 이해가 되지 않으면 큰일인 글이라고 할 수 있다. SNS는 용도에 따라 글의 성격도 달라진다고 볼 수 있는데, 예를 들어 사진이 중심인 SNS라면 글은 대체로 짧아지고 자막에 가까운 기능을 할 때도 있다. 긴 분량의 글을 쓸 수 있는 SNS의 경우에는, 심각하고 어려운 글을 쓰는 이들이 정견 발표의 장으로 활용하기도 하지만 대체로 개인적인 소식을 알리거나 그날그날 있었던 일 중 인상 깊은 순간을 남겨놓는 등 사생활을 기록하는 용도로 쓰는 경우가 많다. 대체로 10여 년 전까지만 해도 그런 기능을 주로 떠맡았던 게 '블로그'였다. 정치 칼럼이든 취미 생활이든 개인 생활을 기록하는 용도든 블로그를 많이 사용했고, 지금도 얼마든지 그런 목적으로 사용할 수 있다. 하지만 현재 블로그라고 하면 온갖 광고성 글로 뒤덮인 생태계를 떠올리는 경우도 드물지 않을 것이다.

개인적인 생각이지만 인터넷에 올라와 있는 '글' 가운데 거의 모든 이에게 영향을 미치는 글이 바로 마케팅을 위한 글, 즉 광고성 글이다. 소비를 하지 않고 살아가는 사람은 없으며, 이제는 아주 사소한 물건, 예를 들면 볼펜 한 자루나 스마트폰에 붙이는 액정용 필름을 살 때도 일단 '검색'부터 하고 보기 때문이다. 그렇게 검색해서 맞닥뜨린 광고에서 가장 중요한 건 물론 비주얼이다. 최대한 사람들의 눈길을 사로잡을 수 있는 사진을 올리고 그에 걸맞은 상품 소개 페이지 디자인을 고려해야 한다. 하지만 이런 광고를 만드는 판매자들은 그와 동시에 비주얼과 어울리면서도 사람들이 상품을 좋아하고 신뢰하게 만들 만한 글이 중요하다는 사실을 절대 잊지 않는다. 또 사람들은 거의 본능적으로 멋진 사진만으로는 '광고'가 되지 않는다는 사실을 안다. 멋들어진 신형 차량의 사진만 줄줄이 뜨고 그 사진을 뒷받침할 '설명'이 없는 광고는, '이게 뭐야? 지금 뭘 하자는 거지?'라는 비웃음거리가 된다. 그 설명은 광고 심의 규정을 준수하는 정확성을 갖추어야 할 뿐 아니라 사람들의 욕망과 환상에 불을 당겨야 한다. 그 결과 "썸머시즌 홈웨어 클리어런스 세일"[5]처럼 읽기만 해도 어느 외국 백화점 안에 들어가 있는 듯한 분위기를 창출하는 백퍼센트 외국어 광고 문구를 접하는 일도 흔하다.

마케팅 문구들을 접하다 보면 사람들이 '인문 교양서'에 나오는 '전문 용어'를 어렵다며 경원시하는 이유가 분명 따로 있으리라는 생각이 절로 든다. 왜냐하면 '마데

카소사이드' '스핀오프' '오쏘라이트' '유효 화소수' 같은 단어들을 사람들이 척척 읽어내기 때문이다. 처음 보는 사람도 있을 테지만, 소위 '뷰티' '드라마' '슈즈' '디지털 카메라'에 조금만 관심이 있는 사람이라면 모를 수 없는 용어들이다. 이런 것들의 복잡한 화학식이나 인체에 미치는 작용, 부품 생산 과정까지 자세하게 알지는 못하더라도(그것이 바로 전문가의 일이니까) 내게 필요한 것이라면 눈에 불을 켜고 광고 문구를 샅샅이 비교하며 용어들을 익힌다. 마음만 먹으면 얼마든지 이런 용어들을 구사해서 광고성 글을 직접 쓸 수도 있다.

　뒤늦게야 깨달은 사실이지만 이런 글들은 '사람을 홀리기 위한' 글이라는 측면에서 일상에서 굉장히 중요한 역할을 담당하고 있으면서도 바로 그 측면 때문에 인문학적 관심의 대상이 되지 못하거나 폄하되는 경향이 있다. 하지만 이제는 누구나 써볼까 하고 덤비는 '잘 쓰인 광고성 글'의 '경제적 가치'는 어떤 사람들이 '더 나은 가치를 지녔다'라고 생각하는 다른 글들과 비교가 되지 않을 만큼 크다. 블로그를 조금만 돌아다녀 보면 쉽게 발견할 수 있는, '이 리뷰는 어디어디로부터 경제적 대가 혹은 상품을 제공받고 쓴 것으로 솔직하게 작성했다'라는 문구를 보자. '경제적 대가' 혹은 '상품'이 어느 정도의 경제적 가치가 있는지는 우리가 돈을 주고 사서 보는 '좋은 글'의 '가격'과 비교하면 쉽게 알 수 있다. 이런 기계적 비교가 불편한 사람도 많겠지만 이것이 현실이다. 내가 이 현실을 꺼내 든 것은, 이제 사람들에게 '좋은 글'을 읽으라고 설득하려면 '사진을 올리고 광고성 글을 쓰면 제공받을 수 있는 상품 혹은 경제적 대가' 이상의 무언가를 얻을 수 있음을 이제까지보다 훨씬 정교하게 말해야 할 필요가 있다는 문제의식 때문이다. 일상에서 사람들에게 크게 영향을 미치면서도 누구나 마음만 먹으면 쓸 수 있는 마케팅용 글의 가격은 인터넷이 발달한 이후 매우 높아졌으며, 그에 반해 왜 안 읽느냐고 타박하는 어떤 종류의 글은 대체로 가격은 말할 필요도 없고 위신조차 크게 떨어진 상황이라고 보아도 좋다.

그렇다고 사람들이 무언가를 보거나 읽고 거기에 담긴 의미를 찾으려는, 즉 해석하려는 열망이 크게 줄어들었다고 비관할 수 있을까? 나는 아니라고 생각한다. 한 주에 몇 군데 사이트에서 연재되는 모든 작품을 읽을 만큼 열성적인 독자는 아니지만 나는 웹툰을 무척 좋아한다. 그리고 웹소설을 바탕으로 만든 웹툰이 화제를 모으면 원작 웹소설을 찾아볼 때도 있다. 웹툰의 역사는 대략 20여 년 정도로 잡는데, 7~8년 넘게 장기 연재되는 작품도 있다. 작품을 읽으면 자연스럽게 댓글을 보게 된다. 여성 캐릭터에 대한 성희롱을 비롯해 캐릭터에 대한 과도한 혐오, 작가에 대한 인신공격성 비난 등 눈살을 찌푸리게 하는 댓글도 많다. 하지만 이른바 '베스트댓글'을 보면 사람들이 자신이 보는 작품에 얼마나 애착을 품고 있으며, 사소해 보이는 컷에서조차 '작가의 의도' '작품의 주제'를 읽어내려 애쓰는지가 여실히 드러난다. 또 조회수 상위권 작품의 '베댓'이 '좋아요'를 몇 개나 받는지 살펴본 사람이 있다면, 독자들이 '나도 그렇게 느꼈고 공감할 수 있는 해석'을 얼마나 좋아하는지 잘 알 것이다. '좋아요'가 더러 몇만 개씩 찍힐 때도 있다. 물론 그 해석이 서로 달라 인터넷상에서 흔한 난타전이 벌어질 때도 있지만, 나는 그조차도 독자들이 그 작품을 얼마나 좋아하는지를 드러내는 것 같아 아주 흥미롭게 보는 편이다.

사람들의 애착이나 작품을 잘 읽고 싶어 하는 최대 '300자짜리 욕망'과, 상당히 오랫 동안 '좋은 글'의 대명사처럼 여겨지며 많은 이들을 사로잡아왔던 '문학(혹은 영화) 평론' 사이의 거리는 현재 멀어 보이기만 한다. 하지만 이는 기존의 평론 같은 글이 사람들의 들끓는 욕망을 어떤 형식과 내용으로 받아안을지 충분히 고민하고 있지 못하다는 뜻으로도 해석할 수 있지 않을까? 웹툰의 댓글과 예술 평론을 어떻게 동일선상에 놓을 수 있느냐고 의아해하는 사람도 많을 테다. 하지만 여기서 중요한 것은 그야말로 평범한 독자들이 작품을 읽고 싶어 하는 욕망과 그 작품을 읽고 자신의 느낌이나 해석을 이야기하려는 욕망이 결코 작지 않다는 사실이다. 인터넷상에서 그저 순간적으로 지나가는 댓글이라고 생각하기보다 그 댓글에 드러난 사람들의 공감과 열망을 보고 이를 어떻게 '기존의 훌륭한 문학/영화 해석'과 접합할 수 있을지를 좀 더 고민해야 하지 않나 하는 생각이 든다.

메신저, SNS, 광고성 글, 웹툰 댓글에 대해 이야기했는데 맨 위에서 언급한, 사람들이 쉽게 접근하고 많이 읽는 글 중에 요즘 가장 문제적으로 보이는 종류는 바로 '뉴스'다. 육하원칙에 따른 소식을 전하는 스트레이트 뉴스는 그래도 덜한 편이다. 스트레이트 뉴스의 목적은 누가 언제, 어디서, 무엇을, 어떻게 했는지를 파악하는 게 가장 우선이기 때문이다. 육하원칙을 따라가면 기사의 핵심을 파악하기가 상대적으로 쉽고, 그 핵심은 한두 문장으로 정리할 수 있는 경우가 많다. 문제는 이 스트레이트 뉴스를 해석하고 전망을 내놓는 논평에 가까운 글들이다. 이 글들을 본격적으로 살펴보기 전에 쉬어가기 차원에서 퀴즈를 낼까 한다. 읽고 생각할 시간을 가졌으면 한다.

'대중적인 글'의 기준점

퀴즈: 다음 중 학술서에 나오지 않는 글을 고르시오.

1

이런 단일 토지세론보다 현대 사회에 더 묵직한 한 방을 날리는 것은 그[헨리 조지—인용자]의 정치경제학 밑바탕에 흐르는 자연정의론적 세계관이다. 그가 정치에 시간을 낭비하지 않았다면 그의 정치경제학에 있는 자유방임론적 요소를 상당 부분 포기했을 것이다.[6]

2

2020년대에 바우만의 사상이 던지는 함의는 그렇다면 뭘까. 바우만의 탁월성은 새로운 개념의 발굴에 있다. 특히 그는 흥미로운 개념틀을 주조해 우리 시대를 날카롭게 분석해왔다. 그 대표적인 개념틀들은 다음과 같다.

첫 번째는 '입법자와 해석자'다. 바우만은 모더니즘과 포스트모더니즘 논쟁에 개입한다. 그에 따르면, 모더니스트들은 확실성과 보편성의 기준을 세우려는 입법자로서의 입장을 취한다.[7]

3

슈미트주의자들은 다르다. 그들은 아예 보편성과 일관성 자체를 포기한다.

자유주의자들은 이른바 '원칙이성Grundsatzvernunft'에 따라 사유하고 행동한다. 그들은 사람이나 상황에 따라 달라지지 않는 보편적·추상적 기준을 갖고 있다. (……)

이와 달리 전체주의자들은 '기회이성Gelegenheitsvernunft'에 따라 사유하고 행동한다. 그들은 보편적 기준 없이 매사 그때그때 상황의 필요에 따라 판단한다.[8]

정답을 말하자면 이것들 중 어느 것도 학술서에 나오지 않는다. 예문 1, 2, 3은 '뉴스'로 분류되는 글에서 골라 뽑은 것들이다. 어려운 문장만 나오는 글을 찾으려고 눈에 불을 켜고 뉴스란을 샅샅이 뒤진 것도 아니다. 이런 글은 흔하디흔하다.

7년 전인 2013년 초반부터 나는 매일 인터넷 뉴스를 읽으면서 내게 의미가 있겠다고 생각되는 뉴스 제목과 링크를 메일함에 하나둘 모으기 시작했다. 전통적인 의미의 스크랩북 대신이다. 그렇게 모은 뉴스가 2020년 11월 시점에 대략 1만 7000건이다.(메일함 한 페이지당 20개 ×850여 페이지) 7년 동안 하루에 약 일곱 건 정도를 스크랩한 셈이니 많지는 않다. 정치부터 스포츠까지 뉴스를 모으는 기준이나 가리는 분야는 없었으며, 지금 돌이켜보면 '읽었음'을 기록하기 위해서 모은 뉴스가 많았다.

물론 그중에도 나 자신의 특정한 관심사를 반영하는 뉴스가 꽤 있다. 초·중·고생의 기초 학력 문제, 한국어 관련 뉴스, 출판계와 독서 관련 뉴스 등이 그랬다. 그리고 칼럼이 있다. 일상생활에서 보고 듣고 느끼는 바를 에세이 형식으로 쓰는 칼럼을 제외하고, 사회에서 중요한 정치·경제·문화 이슈가 있을 때, 이를 어떻게 해석하고 전망해야 하는지를 보여주는 측면에서 칼럼은 훌륭한 읽을거리가 된다. 또 칼럼은 매체가 지향하는 바를 살필 수 있게 하는 글이기도 하다. 그리고 보통 자기 분야에서 전문가로 인정받는 사람들(대개 대학 교수)이 쓴다.

출판계에 몸담고 있는 이상 '필자'에 대한 관심도 거

둘 수 없으므로 매체에 칼럼을 쓰는 다양한 필자의 글을 눈여겨볼 수밖에 없다. 그 가운데에는 대학에서 가르침을 받았던 교수님도 있고, 대학생 시절부터 글을 읽어온 평론가도 있다. 오랫동안 나는 그들의 '칼럼'을 내가 읽는다는 사실에 대해 문제의식을 가진 적이 없다. 하지만 매체 환경과 젊은 층의 언어가 점점 변해가는 현실을 피부로 느끼면서 '이들의 글을 누가 읽는가/읽을 수 있는가'라는 의문이 생겼다. 말할 필요도 없이 편집자에게 '독자'란 늘 머릿속에 생각하고 있어야 하는 존재이기 때문이다. 이러저러한 글을 가지고 책으로 만들었을 때, 과연 이 책을 사서 읽을 독자는 누구인지, 그들이 무엇을 읽고 어떻게 느끼는지에 대해 어느 정도 감을 잡고 있지 않으면 작업을 시작할 수 없다. 그런 측면에서 나는 '누구나 쉽게 접근해서 볼 수 있는 이 글들'의 독자가 누구인가 하는 의문을 품기 시작했다. 또한 이런 글들이 오랫동안 변함없이 어렵다는 사실도 서서히 깨달았다.

내가 그들의 글을 읽는 까닭은 어느 정도 명확하다. 사회에 대한 관심을 제외하고서라도 잘 읽어야 할 필요가 있는 직업을 가졌고, 좋은 글을 늘 찾아야 하는 게 일이니까. 그리고 일을 더 잘하기 위해 읽기와 쓰기 훈련을 받아야겠다는 목적의식을 가지고 공부를 한 경험도 있다. (보통은 공부를 했기에 잘 읽고 잘 쓰는 사람이 되는 것이겠지만 나는 그 반대다. 잘 읽고 잘 써야 할 직업적 필요가 있었기에 공부를 했다.) 하지만 위에서 살펴본 일상적인 언어 사용과 비교했을 때, 내가 직업적으로 겪어온 읽기와 쓰기 체험은 비일상적이고 비정상적인 것에 가까웠다.

사람들이 어떤 상품에 관심이 있어서 몰입할 경우, 그 상품과 관련된 전문 용어를 익히고 구사하게 된다는 사실을 앞에서 이야기했다. 용어 습득에는 '관심'과 '몰입'이 중요한 조건이다. 그렇다면 뉴스에 나오는 저 어려운 용어들을 이해하고 구사하는 데도 역시 관심과 몰입이 중요할 것임을 짐작할 수 있다. 하지만 그런 용어들에 깊이 관심을 가지고 몰입하게 할 보편적인 교육 환경은 내가 알기로는 예전에도 없었고 지금도 없다. 그러나 낯설고 어려운 용어들이 누구나 볼 수 있는 '보편적인 매체'에 거리낌 없이 등장한다. 이 상황은 명백히 비대칭적이며, 도무지 수평을 찾을 기미를 보이지 않는다. 오히려 비대칭성이 날로 커지고 있다는 느낌이 든다. 왜 그럴까? 위에서 제시한 예문을 하나씩 뜯어보면서 과연 이 글들은 누구를 겨냥하는지 생각하고 싶다.

예문을 뜯어보기 전에 이야기할 사항이 있다. 글이란 원래 문장과 문장 사이의 맥락을 살피면서 전체의 흐름을 파악했을 때, 내가 잘 모르는 부분이라도 이해가 되거나 어렴풋이 알게 되기도 한다. 그렇기에 전체를 읽으면 내용 파악이 가능한 글 가운데 일부만 가져와서 '어려운 글'로 매도하려는 시도로 오해받을 수도 있다고 생각한다. 하지만 앞에서 살폈듯이 일상에서 이런 문장을 읽거나 쓰거나 혹은 말하는 경우는 매우 드물다. 이 예문들이 얼마나 비일상적인가 하는 대표적인 예시로 가져왔음을 알아주기를 바란다.

우선 첫 번째 예문이다.

1

이런 단일 토지세론보다 현대 사회에 더 묵직한 한 방을 날리는 것은 그(헨리 조지―인용자)의 정치경제학 밑바탕에 흐르는 자연정의론적 세계관이다. 그가 정치에 시간을 낭비하지 않았다면 그의 정치경제학에 있는 자유방임론적 요소를 상당 부분 포기했을 것이다.

여기서 눈에 걸리는 용어와 표현을 짚어보자. 우선

용어로는 '단일 토지세론' '헨리 조지' '정치경제학' '자연정의론' '자유방임론' 등을 들 수 있다. 그다음으로는 '자연정의론적 세계관' '자유방임론적 요소' '정치경제학에 있는 자유방임론적 요소' '현대 사회에 더 묵직한 한 방을 날리는 것은 그의 정치경제학 밑바탕에 흐르는 자연정의론적 세계관'이 좀처럼 이해하기 힘든 표현이라고 볼 수 있다.

'토지세'나 '정치경제학'이라는 말에서 어렴풋이 짐작할 수 있듯이 이 예문이 아, 경제학에 관련된 이야기겠구나, 하는 정도는 알 수 있다. 그러나 '단일 토지세론'은 과연 무엇일까? 이게 뭔데 현대 사회에 '한 방을 날리는', 그러니까 일종의 경고와 같은 역할을 한다는 것일까? 그보다 더 큰 파괴력을 갖고 있는 게 '자연정의론적 세계관'이라고 한다. 자연정의론은 무엇이며 이것이 세계관이라는 단어와 결합했을 때 구체적인 의미는 무엇일까? 또한 헨리 조지라는 사람이 정치경제학이라는 학문을 했음은 짐작할 수 있으나, 정치경제학이 어떤 학문이며, 특히 '그의 정치경제학에 포함된 자유방임론적 요소'란 무엇인지 알기가 어렵다. 이처럼 문장은 단순해 보이지만 이 안에 들어 있는 정보량은 일반 독자들이 감당할 수 있는 정도가 아니다.

이런 정보량을 감당할 수 있는 '독자'란 누구인가? 필자가 경제학을 공부한 사람이라는 추측은 할 수 있으므로, 역시 경제학이나 정치경제학을 공부한 사람, 혹은 헨리 조지에 대해 공부한 사람이 '우선적인 독자'가 아닌가 하는 의심을 하게 된다. 한 발짝 더 나아가자면 단순히 '공부를 했다'는 수준을 넘어선 사람, 즉 필자와 비슷한 수준의 문장을 구사하는 사람들, 즉 전문적으로 공부를 했으며 공부가 직업인 사람들이 독자가 아닌가 하는 예상을 할 수 있다.

이제 두 번째 예문을 보자.

2

2020년대에 바우만의 사상이 던지는 함의는 그렇다면 될까. 바우만의 탁월성은 새로운 개념의 발굴에 있다. 특히 그는 흥미로운 개념틀을 주조해 우리 시대를 날카롭게 분석해왔다. 그 대표적인 개념틀들은 다음과 같다.

첫 번째는 '입법자와 해석자'다. 바우만은 모더니즘과 포스트모더니즘 논쟁에 개입한다. 그에 따르면, 모더니스트들은 확실성과 보편성의 기준을 세우려는 입법자로서의 입장을 취한다.

두 번째 예문은 첫 번째 예문과 조금 다른 각도에서 접근하겠다. '바우만'은 누구인가? 왜 지금 이 시점에서 바우만의 사상을 알아야 하는가? '바우만의 사상'이라는 부분에서 그가 사상가라는 건 짐작이 가지만, 그의 탁월함이 바로 지금 이 순간의 내 생활과 어떤 연관이 있는가? 새로운 개념의 발굴? 이는 기존에 '어떤' 개념이 있다는 사실을 의미한다. 그것은 어떤 개념인가? 기존의 어떤 개념과 어떻게 대비되기에 그가 새로운 개념을 발굴하는 데 탁월하다는 걸까?

앞의 두 문장만 읽고도 내 머릿속에는 이런 물음들이 떠올랐다. 물론 나는 여기서 말하는 지그문트 바우만이라는 사상가에 대해 들어본 적이 있다. 『액체근대』라는 주저를 비롯하여 몇 권의 책이 한국에 나왔다는 사실을 알고, '최신상 이론'이라고 말할 수는 없으나, 최근 10여 년 동안 한국의 여러 연구자가 여러 매체를 통해 언급해온 사람임을 안다. 그러나 동시에 이 '앎'이 보편적이지 않은 어떤 특수한 환경, 즉 출판계에서 인문서를 만들었고 만들어야 하는 입장에서 습득한 것이라는 사실도 잘 안다. 이는 일반적인 교양 차원을 벗어나는 앎이라고 할 수 있다. 당연히 알아야 하고 모르면 사회생활에 지장을 초래하는 앎이 아니다. 그러므로 바우만의 이름을 들어본 적이 없는 누군가 내게 이런 질문을 한다면 상당히 곤혹스러운 처지에 빠질 것이다. 바우만이 누구인데요? 그의 사상이 어떻기에 지금 내가 구독하는 신문 혹은 매체에서 이 글을 보아야만 하는데요? 나는 늘 질문한 이의 배경지식과 살아온 삶에 맞게 대답할 수 있는 능력이 내게 있으면 좋겠다고 생각한다. 그런 능력이 없는 게 정말로 안타깝다.

3

슈미트주의자들은 다르다. 그들은 아예 보편성과 일관성 자체를 포기한다.

자유주의자들은 (A 이른바 '원칙이성Grundsatzvernunft'에 따라 사유하고 행동한다. 그들은) 사람이나 상황에 따라 달라지지 않는 보편적·추상적 기준을 갖고 있다. (……)

이와 달리 전체주의자들은 (B '기회이성Gelegenheitsvernunft'에 따라 사유하고 행동한다. 그들은) 보편적 기준 없이 매사 그때그때 상황의 필요에 따라 판단한다.

세 번째 예문에는 '미디어 이론'에 입각해 쓴다는, 지면을 제공한 매체 쪽의 전제와 설명이 있었다. 한마디로 미디어 이론에 최소한 관심이 있거나 배경지식이 있는 사람들을 겨냥하는 글로서 독자를 어느 정도 확정하겠다는 선언을 해놓고 시작한 셈이다. 그러니 일단 슈미트주의자, 자유주의자, 전체주의자라는, 보기만 해도 기가 질리는 단어를 알고 있다고 가정하자. 그래도 '원칙이성'과 '기회이성'이라는 참으로 낯선 용어가 읽기에 부담스럽다는 인상을 준다.

곰곰이 이 글을 뜯어보다가 좀 더 쉽게 쓸 수 있지 않았나 하는 생각이 들었다. 예문의 첫머리를 보자. 슈미트주의자가 어떤 이들인지는 몰라도 '보편성과 일관성을 포기한 사람', 즉 '보편적으로 받아들일 수 있는 원칙 같은 것도 없고 일관성도 없는 이들'임은 알 수 있다. 그렇다면 자유주의자는 어떤가? 그들이 '원칙이성'이라는 어려운 용어에 따라 사유하고 행동한다는 사실을 빼놓은 다음, 즉, A를 제거한 다음 다시 읽어보자. "자유주의자들은 사람이나 상황에 따라 달라지지 않는 보편적·추상적 기준을 갖고 있다." 이렇게 A를 빼놓고 읽으면 그 위에 나온 '보편성과 일관성 자체를 포기한 슈미트주의자'

와 '사람이나 상황에 따라 달라지지 않는 보편적·추상적 주관을 갖고 있는 자유주의자'가 더 선명히 대비된다. 그 아랫부분도 B를 빼놓고 읽자. "이와 달리 전체주의자들은 보편적 기준 없이 매사 그때그때 상황의 필요에 따라 판단한다." 어떤가? 슈미트주의자와 전체주의자가 어떤 이들인지는 구체적으로 알지 못해도 첫 부분과 마지막 부분을 통해 슈미트주의자가 전체주의자와 유사한 이들이라는 사실을 알 수 있다.

'미디어 이론'에 따라 글을 쓰겠다는 필자의 선택과 그 글을 싣겠다는 매체의 의사는 기본적으로 존중받아야 한다. 하지만 위와 같은 수정문이 실렸으면 '매스' 미디어의 성격에 더 적합하지 않았을까? 동시에 이 필자가 대중적으로 전달력 높은 글을 쓰기 위해 오랫동안 많은 노력을 기울여왔음을 알고 있는 입장에서 이것이 당신에게 최선이었는지, 계속 안타까움을 느끼게 된다.

이 글들은 어려운 칼럼, 즉 인문이니 독서니 하는 것들과는 거리를 두고 살아가는 많은 이들이 특히 읽기 힘들어한다고 생각되는 본보기로 가져왔다. 그런데 일반적인 뉴스에도 누가 읽을 수 있을까 싶은 대목이 상당히 많다. 예를 들어 사회생활을 할 때 사소해 보이지만 분명히 부당한 일을 겪어도 말을 하지 못하다가 결국 그게 사회에 충격을 주는 사건을 터뜨리는 계기가 되었다는 내용의 뉴스가 있다. 뉴스에서는 사람들이 '분노 조절 장애'를 앓는 원인을 분석하면서 마지막에 권위자의 정리성 논평, 또는 제도 개선 등을 위한 제언을 짤막하게 싣는다. 이 뉴스의 논평은 이러했다.

　　○○○ ###과 ××대학교 교수에 따르면 "우리나라는 관계 초점적인 집단주의 문화에 더하여 유교적인 권위 의식에 기반한 위계나 절차의 강조는 대인 관계 시 따라야 할 규범들을 엄격히 지킬 것을 요구하고 있다. 때문에 사람들은 자신의 행동에 대한 결정력이 낮아질 수밖에 없다."며 "한국인들은 일상생활 속에서 자신에게 피해가 발생하거나 자존감에 손상을 입는 상황이 발생하더라도 관계 특성이나 상황적 맥락을 고려하여 이를 표현하지 않고 넘어가기로 결정하기도 하며 관계를 해칠 위험성이 큰 부정적 정서는 표현이 금기시되어 있다."고 언급했다.[9]

어떤가? 앞서 본 칼럼들과 크게 다를 바 없지 않은가? 눈에 잘 들어오지 않는 표현들을 찾아보자. '관계 초점적인 집단주의 문화' '유교적인 권위 의식에 기반한 위계나 절차의 강조는 대인 관계 시 따라야 할 규범들을 엄격히 지킬 것을 요구' '행동에 대한 결정력이 낮아(짐)' '관계 특성이나 상황적 맥락' 등등. 현상을 압축적으로 설명하고 정리하는 논평이어서 그렇다고 볼 수도 있으나 어려운 칼럼의 문장들과 상당히 유사하다. 이런 표현들을 읽고 이해하고 또 쓸 수 있는 사람들은 한정되어 있다.

또 다른 뉴스의 예를 보자. 이제 더는 시험을 통해 '개천'에서 '용'이 나기를 기대할 수 없고, 이미 성적이나 직업 등이 대물림되기 시작했다는 사회 현상을 분석한 뉴스가 있다. 시험으로 줄을 세우는 오래된 풍조도 많은 부작용을 낳았지만, 좋은 성적을 얻는 데 부모의 부나 사회적 지위가 중요해지는 상황이 공정하지 않다고 보는 이들이 오히려 시험에 집착한다. 이러한 상황에 대한 권위자의 정리성 논평은 다음과 같았다.

×교수는 "기업과 대학들이 정량화된 시험으로 인생을 결정짓는 것은 지나치다는 지적 때문에 선발 방법을 질적인 평가로 바꿨다. 하지만 한국 사회에는 정실, 인맥, 학맥 등 '게임의 룰'을 지키지 않는 후진적 잔재들이 많다. 그래

서 양적인 평가가 공적 객관성을 더 확보하는 거 아니냐는 대중의 생각이 다시 싹튼 것"이라고 말했다. 그는 "한국 사회의 불평등 문제를 교육 정책으로만 해결하는 것은 불가능하다. 경제·사회적으로 접근해 경제적 불평등을 해소하는 정책이 우선돼야 한다."고 했다.[10]

여기까지 읽으신 분이라면 이미 이 논평에서 내가 지적하려는 부분이 어디인지 대강 짐작할 것이다. '정량화된 시험', 이와 대비되는 '질적인 평가.' 이것들은 추상적인 표현이며 구체적으로 무엇을 말하는지 알기 어렵다. '양적인 평가가 공적 객관성을 더 확보하는 거 아니냐'라는 표현도 마찬가지다. 그런데 마지막에 이 논평이 겨냥하는 독자가 누구인지 짐작하게 하는 힌트가 나온다. "한국 사회의 불평등 문제를 교육 정책으로만 해결하는 것은 불가능하다. 경제·사회적으로 접근해 경제적 불평등을 해소하는 정책이 우선돼야 한다." 어떤 정책을 우선적으로 펼칠 수 있는 사람들은 누구인가? 당연히 정부 관계자, 정치가 들이다. 사회의 일원으로서 이 뉴스를 읽었을 한 사람의 독자도 그런 정책 가운데 현재 무엇이 어떻게 진행되는지 찾아보고, 관심을 갖고 개선을 위한 운동에도 참여할 수는 있다. 그러나 이런 식의 '이러이러한 정책, 혹은 제도 개선을 위한 장기적인 접근이 필요하다'는, 뉴스의 마지막을 장식하는 단골 멘트를 보았을 때, 이것이 우선적으로 '독자의 관심 촉구'를 위한 말이 아니라는 건 누구나 느낄 수 있다. 누가 보아도 이는 정부의 정책 개선을 촉구하는 말이다. 그러니 '정량화' '질적인 평가' '양적인 평가가 공적 객관성을 더 확보'와 같은, '그들이라면' 이해하고 알아들을 만한 말이 먼저 나온 것이 아닌가 하는 의심을 품게 된다.

한 가지 더 지적하고 싶은 것은 뉴스에 나오는 '인용'이다. 내가 스크랩한 기사들에서 몇 가지를 뽑아보자면 이렇다. "문화인류학자 에드워드 홀에 따르면……"[11] "20세기 최고 인문학자라고 평가받는 움베르토 에코는……"[12] "심리학자 올포트는……"[13] 등등. 인용된 사람들은 누구이고, 우리 생활과 얼마나 깊은 관계가 있을까? 독자들의 피부에 와 닿을지 의구심이 생기는 인용이 차고 넘친다.

권위자의 말이나 글을 빌려 자신의 주장이나 논거를 뒷받침하는 동시에, 그 인용구 자체가 상당히 훌륭하여 생각할 거리를 주는 인용은 학문적 글쓰기에서 매우 중요한 기술이다. 동서양의 학문 모두에 같은 전통이 있다. 문제는 인용이 일상생활의 말하기에는 거의 사용되지 않으며, 이것을 꼭 필요한 '습관'으로 여기게 하는 글쓰기 교육 자체도 상당히 미진하다는 점이다. 사실 문과 계열 대학에서 보고서를 쓸 때조차도 인용은 상당히 망설이게 되는 글쓰기 기술 가운데 하나다. 과연 내가 쓰려는 주제와 맥락에 가장 적합한 인용이라고 할 수 있는가, 괜히 인용했다가 '오독' '오남용'이라는 핀잔을 듣지나 않을까 하는 두려움이 든다. 왜냐하면 인용하려는 학자들이나 그들이 내놓은 연구 결과물이 해당 학문에서 어느 위치에 있는지를 제대로 파악하고 써야 하기 때문이다. 이를 파악하는 과정 자체가 공부이며 이는 절대로 만만한 과정이 아니다. 그런데도 누구나 볼 수 있는 뉴스에 이런 '인용'이 수도 없이 등장한다.

이런 현상이 의미하는 바는 무엇인가? 인용을 하는 것 자체가 당연한 교양이라고 생각하는 필자들이 글을 쓰고 그 글을 싣는 매체의 담당자들 또한 그렇게 생각해서가 아닐까? 그런데 과연 인용 습관을 교양으로 생각하고 살면서 실천하는 사람이 몇이나 되겠는가?

어려운 용어와 표현에 더하여 마법사가 드래곤을

부리듯이 듣도 보도 못한 학자들을 소환하는 이런 칼럼을 쓰는 사람은 비단 전문적인 연구자뿐만이 아니다. 출판 평론가, 과학소설 번역가, 텔레비전 칼럼니스트, 대중음악 평론가, 영화감독, 사회 운동가 등 직업을 막론하고 '칼럼이라면 이러이러해야 한다'라고 마치 서로 짠 듯한 형식의 글을 내놓는 경우가 많다. 칼럼이나 기사가 말하려는 바에 공감하다가도 읽을 사람보다 읽지 않는 사람, 읽지 못하는 사람이 훨씬 많지 않을까 하는 생각이 들면 마음이 어두워진다.

'대중적인 글'은 정말로 대중적인 글인가

맨 마지막에 논평가가 어려운 말로 정리하는 스트레이트 뉴스나 어려운 내용을 다시 어렵게 이야기하는 칼럼 말고 다른 뉴스들을 보면 의외로 언론이 '용어 설명'에 공을 들이려 한다는 사실이 눈에 들어올 때가 있다. 《한겨레》가 2020년 10월 21일에 실은 「손맛 죽입니다! 색 입힌 뜨개실 세계」라는 기사는 뜨개질이나 실 염색에 관심이 없는 사람도 따라가면서 읽도록 용어 설명에 정성을 들였다. '뜨친' 옆에 괄호를 쳐서 '뜨개 친구'라는 설명을 다는가 하면, 침염이 무엇이고 로트번호는 무엇이며 탕이란 무엇인가를 세세하게 설명하며 기사를 전개한다. 심지어는 사람들이 많이 먹어봤을 '스키틀즈'에까지 '알록달록한 코팅 사탕'이라는 설명을 달았는데, 이 책을 준비하면서 수도 없이 읽었던 '불친절한' 글들과 대비되어 놀라지 않을 수 없었다.

이런 예는 또 있다. 《경향신문》이 2019년 5월 4일에 발행한 기사인 「마카롱은 왜 한국에서 '뚱카롱'이 됐을까〔커버스토리〕」도 위의 뜨개실 기사와 비슷한 정도로 '뚱카롱(두툼한 마카롱)' '마카롱 파리지앵(머랭 사이에 크림버터나 가나슈 등을 끼워 넣은 형태)' 등등 이런 용어를 모르는 사람들을 위해 친절한 설명을 달았다. 거기에 한술 더 떠서 기사 말미에 용어 설명란을 따로 달아 코크coque, 필링filling 등의 정의를 알려주는가 하면 마카롱과 뚱카롱의 '기원'까지 알 수 있게 했다. 이런 노력을 보면 언론사에서도 어떻게 해야 읽지 않는 사람들도 읽게 할지를 잘 알고 있고, 어떤 이들에게는 너무나 당연한 용어들이 어떤 이들에게는 전혀 그렇지 않을 수 있다는 사실에 무심하지 않다는 걸 알 수 있다. 그런데 이보다 훨씬 더 자세한 설명이나 배경지식이 필요해 보이는 칼럼에는 왜 이런 배려를 하지 않을까?

모든 매체, 특히 전통적인 신문과 같은 매체에 여러 층위의 글이 실리는 것은 물론 상식이다. 이제는 사라져가는 풍경이지만 '주먹만 한' 활자로 제목을 달고, 지면을 많이 차지하는 1면 머리기사가 있는가 하면, 연예가 소식을 다루는 기사도 있고, 심지어 그날그날의 중요한 사건에 대해 단 한 문장으로 논평을 내는 지면도 있다. 모든 사람을 완전히 만족시키는 종합 매체란 사실 없으며, 내가 관심을 갖는 기사, 필요한 기사만 골라서 읽는 습관은 어제오늘에 생긴 것도 아니다. 다만, 대중매체라고 했을 때, 겨냥하는 독자층이 특정한 이들임이 고스란히 드러나는 뉴스는 독자들에게도, 그리고 매체에도 바람직하지 않다는 것이 내 생각이다. 특히 특정한 정치적 성향을 띠는 몇몇 매체가 그런 경향을 뚜렷이 보이는데, 그들의 지향점이 기득권을 위한 사회가 아니라면, 특정한 사람들만 알아듣는 용어로 점철되는 뉴스를 쓸 게 아니라 더 많은 사람에게 다가갈 수 있는 확장성 있는 문장을 지금부터라도 더 고민해야 하지 않나 싶다.

가장 기본이 되는 곳으로 되돌아가기

유튜브가 새로운 매체의 주류가 되어가면서 공중파 방송사들뿐만 아니라 글을 중심으로 삼아온 매체들도 너도나도 기사와 동영상을 접목하려고 애를 쓰고 있다. 실제로 포털 뉴스란에서는 제목과 간단한 요약문만 싣고 자세한 내용은 동영상으로 확인하라는 뉴스도 종종 볼 수 있다. 이런 경우 독자의 반응이 어떨지 쉽게 짐작하기는 어려우나, 딱히 좋은 시도라고는 생각하지 않는다. 동영상이 먼저 링크되어 있고 이를 그대로 받아쓰거나 정리한 기사가 밑에 나와 있다면 그것만 훑어보고도 내용을 파악할 수 있지만, 몇 분 안 되더라도 굳이 동영상을 클릭하게 만들어 시간을 쓰게 유도한다. '단독'이라는 단서가 붙지 않으면 유사한 내용의 다른 기사를 찾아보는 것도 어렵지 않다. 그러니 동영상을 기사화하는 건 글로 이루어지는 기사와 동영상 사이에서 뉴스가 지향해야 할 새로운 방향을 바람직한 쪽으로 제시하지 못한 것으로 보인다.

또 인터넷의 장점을 적극 활용하려는 시도들도 있다. 통계 자료를 비롯해 그래픽 요소를 풍성하게 넣고 이를 보기 좋게 배치할 뿐 아니라, 통계 화살표나 그래프 막대가 움직이도록 만들어 독자의 눈을 사로잡고자 한다. 이는 글과 사진이라는 전통적인 뉴스 형식에 비해 비용과 시간을 더 들이는 일이며, 특집이나 기획 기사 등에 더 잘 어울리는 시도로서, 기존 뉴스를 보완하는 보조 장치로 보아야 한다. 즉, 이런 뉴스가 아직까지는 기존 뉴스 형식의 판도를 뒤엎을 만큼 대중적이지는 않다는 뜻이다.

젊은 독자에게 맞춘다고 한 주 동안 나온 자사의 뉴스 중 중요한 뉴스를 골라 요약하거나, 해요체를 쓰며 친근하게 다가가려는 시도도 본 적이 있다. 요즘 뉴스란에는 아예 '요약' 버튼이 따로 달려 있기도 하다. 하지만 아직까지 젊은 층이 해요체 기사를 중점적으로 읽는다든가, 기사 요약이 큰 호응을 얻고 있다는 이야기는 못 들었으니 사회적으로 큰 반향은 없는 것 같다.

가끔 매체에서는 평생 글자를 모르다가 칠순, 팔순

이 되어서야 한글을 깨친 어른들의 이야기를 미담으로 다룬다. 이런 보도는 잊을 만하면 나온다. 그분들의 배우려는 노력과 한글을 배워 글을 읽고 의사 표현을 좀 더 자유롭게 하게 된 것 자체는 훌륭한 일이다. 하지만 이를 다루는 미디어의 시선은 미담 그 이상도 이하도 아닌 것 같다. 이런 분들에게 자신들이 쓰고 있는 기사가 어떻게 다가갈지, 그리고 어떻게 다가가야 하는지에 대한 성찰을 본 기억은 거의 없다. (내가 찾은 유일한 좋은 성찰의 예는 칼럼니스트 위근우의 글이었다.)[14] 따라서 '좀 더 쉬운 매체', 즉 텔레비전 방송에 귀중한 '독자'를 빼앗기고 있다는 자각은 없다는 생각이 든다. 프로그램마다 편차가 있기는 하지만 방송 언어는 보통 중학생이 이해할 수 있는 정도를 기준으로 삼으니 말이다.

앞 절에서 살펴본 기사 내용이 상당히 예외적인 예라고 생각할 수 있겠지만, 주요 일간지와 주간지, 월간지에서 흔하게 볼 수 있는 기사들이다. 이처럼 오늘날 '뉴스'의 가독성을 생각하면 초등학교 입학 전 아이들과 일정한 연령 이상의 노인은 사실상 똑같이 취급된다는 것이 내 판단이다. 그들은 '독자 취급'을 받지 못한다. 이제부터 한글을 배워야 하는 어린아이들은 그렇다 치고 왜 노인들을 위한 배려가 좀 더 이루어지지 않는지 늘 의아하게 생각했다. 노인들이 쉽게 읽을 수 있는 '한겨레어르신' '시사노인' '중앙시니어' 같은 지면이 있어도 좋지 않을까? 현재 청소년보다 노인 인구가 더 많고 앞으로 점점 늘어갈 테니, 비즈니스 측면에서도 결코 손해를 볼 선택은 아닐 것이다. 하지만 무엇을 써야 하는가, 어떻게 써야 하는가에 대한 상상력도 없고 노력도 들일 필요가 없다고 생각하는 것이 아닐까?

'노인'이 독자 취급을 받지 못하는 것 같다는 주장이 극단적으로 느껴진다면 이런 경우를 상상해보자. '보통사람'의 생활과 생각을 잘 보여준다는 측면에서 사람들에게 크게 공감을 얻고 좋은 평도 받고 있는 방송 프로그램들이 있다. 예를 들자면 〈한국인의 밥상〉〈다큐멘터리 3일〉〈김영철의 동네 한 바퀴〉〈한국기행〉 등 상당히 오랜 기간 동안 방영되고 있는 다큐멘터리 형식의 프로그램들이다. '어려운 글'을 쓰는 사람들이 생각하는 독자가 이런 프로그램에 나오는 '내 이웃'들일까? '그렇다, 그들이 내 독자다'라고 자신 있게 말할 필자가 과연 몇 명이나 있을까?

변화하는 매체 환경에 발맞추어 동영상과 접목하고

그래픽 요소를 활용하는 것도 의의가 있고 중요하다. 하지만 기존의 뉴스는 과연 누가 읽는가, 매체에서 확장성 있는 글(문장)이란 어떤 것인가를 좀 더 고민해보는 게 낫지 않을까? 일반적인 언어생활과 크게 동떨어져 있고, 확장성도 부족한 듯싶은 매체의 글이 많다. 대중 매체의 기본은 뭐니 뭐니 해도 글 아닌가. 과연 누구를 위해 글을 쓰며, 그 글의 구체적인 독자는 누구인지, 기존에 독자가 아니었던 사람들도 끌어들일 수 있는 글쓰기는 없는지, 또 앞으로 매체의 중요한 독자가 될 청소년층까지 고려하는 글쓰기란 무엇인지, 소외되었던 노인층을 위한 시사 뉴스, 인문학 등을 고민하는 글들을 매체에서 어떤 식으로 쓸 수 있는지 고민해야 하지 않을까?

노파심에서 이야기하자면 나는 앞에서 예로 든 글들의 내용에 대해서는 한마디도 하지 않았다. 그 글들이 말하려는 바는 나름대로 필요하고 중요하다. 그 의의를 절대 부정하지 않는다. 현재 매체에 실리는 뉴스와 칼럼의 글쓰기 등이 형성되어온 역사를 무시하는 것도 아니다. 단지 내가 보고 싶은 것만 보고 나머지는 외면하면서도 얼마든지 살아갈 수 있는 세상이 되어간다는 현실을 부정할 수 없으며, 대중 매체인 신문과 방송 등에서도 점점 각 매체의 '열혈 독자/시청자'만을 고려하는 듯한 뉴스가 나오는 것이 우려스러울 뿐이다. 이 우려가 나 혼자만의 것이 아니라면 '내 울타리' 밖에서 살아가는 사람들에게 어떤 식으로 말을 걸고 의사소통을 할 수 있는지 고민할 필요가 있다고 말하고 싶다. 나와 의사소통할 일이 거의 없지만 그들이 정말 이해하기를 절실하게 바란다면, 말과 글, 특히 글이 어떻게 쓰여야 그 벽에 균열을 낼 수 있을까를 생각하고 싶을 따름이다.

칼럼에는 절대로 대중적이지 않은 측면이 많지만, 칼럼을 쓰는 필자들은 대체로 이런 글들을 대중적이라고 생각하는 듯하다. '대중적'이라는 말에는 '누구나 쉽게 볼 수 있는 글'이라는 의미가 포함되어 있기 때문이다. 전통적인 의미의 신문은 물론 그랬다. 구독하지 않는 집이 거의 없었고 온 가족이 읽었다. 또 가판대에서든 편의점에서든 얼마든지 쉽게 사서 볼 수 있었다. 바로 이런 점 때문에 필자든 독자든 칼럼을 대중적인 글로 인식했을 것이다. 칼럼을 모아 책으로 내는 경우가 흔했고, 지금도 그렇다. 이렇게 좋았던 접근성이 지금 더욱더 좋아지고 있다. 신문을 받아볼 필요도 사볼 필요도 없다. 클릭 한 번이면 누구나 전 세계 유력한 매체의 뉴스를 볼 수 있다. 하지만 접근성이 좋아진다고 해서 기존의 '대중성'까지 확장된 건 아니다. 다음 장에서 살펴보겠지만 여러 필자가 인터넷이 없었던 시절의 '대중성'을 계속 고수한 결과, 칼럼의 영향력도, 인문서의 영향력도 확연히 줄어든 게 아닌가 하는 의구심이 든다.

2장

'인문학'은 왜 그렇게
접근하기 어려워 보이는가

학술의 분류는 인류의 역사 속에서 생기거나
사라지면서 변화해왔습니다. 하지만
재미있게도 이러한 학술의 분류는 우리에게
처음부터, 즉 어느 정도 철이 들면서부터
당연한 것으로서 존재했습니다. 그리고
사람들은 종종 이렇게 '당연한 것'이 있으면
'왜 그렇게 되었는가'라는 내력을 잊습니다.
그런데 내력을 알지 못하면
그 필연성도 잃게 됩니다.

—야마모토 다카미쓰(『『백학연환』을 읽다』 저자)

책이 운동, 교양, 학술의 혼합체였던 시대

앞 장에서는 대체로 신문에 실리는 칼럼을 살펴보면서 '읽을 수 있는 사람' 혹은 '읽기를 바라는 사람'이 한정되어 있는 글이 아닌가 하는 우려를 제시했다. 하지만 필자들과 비슷한 지적 역량을 갖춘 이들을 빼면, 칼럼을 읽을 수 있는 사람이 누구인지 가늠이 잘 되지 않는데도 불구하고 이를 아직까지도 '대중성 있는 글'로 생각하는 게 아닌가 하는 의문도 든다. 물론 그 글들은 당연히 학술 논문이 아니다. 하지만 동시에 절대 대중적인 글도 아니다. 위험을 무릅쓰고 이야기하자면 학술 논문이 아닌 그저 어떤 글일 뿐이다.

현대적인 학술 논문은 일종의 핀포인트를 짚어서 논의를 전개한다. 학문 자체가 점점 세분화되고 있고, 어떤 분야의 전문가는 바로 인접한 분야라 할지라도 전문가로 자처하거나 함부로 나서지 않는다. 최첨단의 논의란 일상생활과 동떨어진 것이 당연하며, 보통 사람이 보기에는 왜 논의하는지 이해가 쉽게 되지 않는 용어 하나를 두고서도 논문 수십 편이 쏟아지기 일쑤다.

대중적인 교양서는 이와 다르다. 다루는 범위가 대체로 매우 넓은 데 비해 사용하는 용어는 전문 용어가 아닌 편이 바람직하다. 그런데 학술 논문 쓰기에 익숙한 '전문가'가 이를 시도했을 경우, 보통은 논문 요약 같은 글이거나 혹은 앞에서 살펴본 칼럼 같은 글이 나오기 십상이다. 요약은 어디까지나 요약이지 어려운 글을 쉽게 만드는 작업이 될 수 없다. 또 학술 논문이 아닌 어떤 글을 쓴다고 해서 그것이 곧 대중성을 담보한다고도 볼 수 없다. 그러나 많은 인문서가 신문 칼럼 같은 형식의 글을 그대로 옮겼음에도 '이론을 쉽게 해설한' 책임을 자처했으며 지금도 그렇게 생각하는 것 같다. 이런 대중성의 '어긋남'은 과연 어디에서부터 시작되었을까?

교양과 학술의 애매모호함에 대해 한 가지 힌트를 줄 만한 책이 있다. 1980년대에 전성기를 누렸다고 볼 수 있는 '신서'라는 책들이다. 신서라고 하면 연배가 있는 독자들 가운데에는 즉각 '사회과학 서적'을 떠올리는 분들도 많을 것이다. 상당히 많은 출판사에서 신서라는 이름으로 사회과학 서적을 낸 것은 사실이지만, 사회과학으로만 분야를 좁힐 수 없는 특성이 있다고 봐야 한다.

'신서新書'란 일본에서 들어온 말이다. 일본에서 손꼽히는 대형 출판사인 고단샤에서 출간하는 '현대신서' 편집장이었던 와시오 겐야의 설명에 따르면 신서란 이러한 책이다.

> 신서는 이와나미쇼텐에서 개발한 형식이다. (……) 반면에 (……) 현대신서는 (……) [글쓰기 책 등의 실용서를 출간하면서—인용자] 대학생 인구의 급증과 지식인을 위한 교양서라는 이미지에서 대중의 신서로, 라는 추세에 무의식적으로 대응했던 셈이었다.
>
> (……) 말할 것도 없이 신서의 개념도 이와나미가 만들었다. 신서는 새롭게 쓴 것, 계몽과 교양을 내용으로 하고, 아카데미즘의 대가가 자신의 전공 분야를 이해하기 쉽도록 해설 또는 표현하는 형태가 기본이었다.[15]

기본적으로 신서란 일본에서 대학생이 많이 늘어나면서 보통 그 정도의 학력이 있는 사람들의 지적 욕구에 맞춘 교양서였다. 이후 1980년대 즈음하여 일본에서는 글쓰기를 돕는 책이나 컴퓨터 따라하기 책 같은 실용서도 신서의 대열에 들어간다. '교양'의 의미가 시대의 변화에 따라 바뀐 것이다. '신서'라는 이름을 빌려 책을 출간하고자 했던 한국의 출판사들이 신서의 원래 취지나 1980년대에 변화하게 된 신서의 성격을 얼마나 생각하고 이 이름을 들여왔는지 지금으로서는 정확히 파악하기 어렵다. 하지만 당시 한국의 신서가 담은 내용이 일종의 '교양'이라고 생각했음은 틀림없다. 왜냐하면 와시오 겐야의 말에서 드러나듯이 기본적으로 일본의 신서란 학술서가 아니라 학술서 바로 아래 단계랄까, 학술서 독자와 일반 독자를 이어주는 역할을 담당하는 책이기 때문이다. 지금까지 거의 변동이 없는 책 크기도 일본에서 발행하는 일반 하드커버 단행본보다 훨씬 작고 문고본보다는 조금 큰 정도로서 절대 부담스럽게 다가오는 책이 아니다. 조금 과장해서 이야기하자면, 읽고 나서 바로 처분해도 별 상관이 없는 책이다. 또 일본 신서만의 특수성이지만 어디까지나 전공 분야를 해설하는 것이 큰 목적 가운데 하나인 만큼 번역서가 거의 없다.

한국만의 특수한 상황에 맞닥뜨린 신서는 곧 자신만의 고유한 특성을 띠게 된다. 지금은 출판사 홈페이지에서 거의 흔적도 없이 사라졌지만, 대표적인 신서 시리즈의 하나로 당시 창작과비평사(현 창비)의 '창비신서'를 들 수 있겠다. 창작과비평사는 1974년 아르놀트 하우저의 『문학과 예술의 사회사: 현대 편』을 제1권으로 하여 1998년에 펴낸, 사회학자 에밀 뒤르케임에 대한 연구서인 김종엽의 『연대와 열광』을 끝으로 160여 권을 '신서'라는 이름으로 출판했다.[16]

정확한 분류가 될지 모르겠으나, 신서란 그때까지 집집마다 월부로 들이기 일쑤였던, 고전 반열에 오른 '전집류'가 아니면서도 당시로서는 최신의 인문학 지식과 교양에 이바지하기 위해 출간된 책들로 보아도 좋을 것 같다. 창비신서 160권의 면면을 일일이 거론하기는 힘들지만, 초기에는 황석영의 『객지』와 같은 소설도 신서라는 이름으로 출간했으며, 곧 소설은 목록에서 사라지고 문학·평론집과 국내 저자의 학술서, 번역된 학술서 등을 중점적으로 출간하기 시작했다. 이 목록을 보고 있으면 '민족' '문학' '사회과학' '학술' 등의 키워드가 떠오르며, 당시 출판계에서 새롭게 떠오르던 주제들, 그리고 특히 창비에서 역점을 두었던 분야를 파악할 수 있다. 4년여의 시간차를 두고 출간되기 시작한 홍성사의 '홍성신서'

목록에서도 그와 비슷한 경향을 찾아볼 수 있다.

1978년부터 1983년까지 출간된 홍성신서 71권의 목록을 보면 창비처럼 한국 작가의 신작 소설이나 문학 평론집은 포함되어 있지 않다.[17] 그러나 역시 그때까지의 세계문학 전집이나 사상 전집의 범위를 벗어난 해외 학술서와 국내 저자의 학술서로 채워져 있으며, 문학·철학·과학 등 다루는 학술의 종류도 상당히 다양하다. 사회과학 쪽에 좀 더 치중했다는 특징이 있긴 했으나 한길사의 '오늘의 사상신서' 시리즈도 기본적으로는 위의 두 신서 시리즈와 크게 다르지 않다. 지금 이 목록들을 다시 뜯어보면, 요즘의 기준으로 한없이 학술에 가까우며, '신서'의 원래 의미에 가까운 책, 즉 공부를 전문적으로 하지 않는 사람들이 학술 쪽으로 쉽게 접근할 수 있는 다리가 되어줄 책은 거의 눈에 띄지 않는다.

신서의 전성기가 1980년대였음을 생각해본다면, 현재 각종 매체에 칼럼을 쓰는 필자들이, 당신들의 전공 공부와는 별도로 바로 이런 책들을 당대의 '교양'으로 흡수했을 것이라는 생각이 든다. 마르크스-레닌주의를 다루는 사회과학 서적, 새로운 민족 문학의 차원을 보여준다는 소설들과 이들을 다루는 최신 평론집, 세계화 담론을 주도한다는 사회학자 이매뉴얼 월러스틴과 프랑스의 구조주의 비평가 롤랑 바르트의 번역서가 '신서'로서 책꽂이에 나란히 꽂혀 있는 풍경을 머릿속에 그려보자. 지금 보면 분명 공부를 직업으로 선택한 사람의 책꽂이에 가깝겠지만, 1980년대에는 이런 책들을 새롭게 익혀야 할 교양이라고 생각한 사람들도 분명 존재했을 것이다. 신서뿐만 아니라 당시 이와 유사한 성격의 책을 출간한 유명 출판사들의 출간 목록을 보고 있자면, 학술과 교양을 어떤 식으로 구분했는지 좀처럼 짐작이 가지 않는다.

　그 책들이 담았던 지식과 문장의 자장에 오늘날의 인문학과 교양이 아직까지도 휘둘리고 있다면 너무 지나친 말일까? 한편으로는 신서의 세례를 받은 특정 세대의 일부 구성원이 왜 저 책들을 읽었는지 궁금하기도 하며, 어떻게 저 책들을 다 읽어냈는지 정말 존경스럽기도 하다. 반면 어렵고 까다로운 학술서들을 공부 차원에서뿐만 아니라 교양으로 읽은 이들이, 학술의 세계와 일상 세계를 좁히는 측면에서의 '교양'을 어떤 문장과 내용으로 담으면 좋을지를 보여준 모범이 될 만한 책은 읽지 못했겠구나 하는 생각도 든다. 그래야 그들에게 전공과 상관없는 학술서가 '신서'로서 교양을 담당했고, 그런 배경에서 써온 '논문 아닌 글'이 왜 그렇게 어려운지 설명이 되지 않을까 한다.

신서 시대의 적자嫡子라고 단언할 수는 없겠지만, 크게 영향을 받았음이 분명하며, 많은 매체에 칼럼을 기고하면서 이를 책으로 낸 사람들의 글을 지금부터 살펴보려 한다. 여기서 제시할 유형의 인문학 책들은 한편으로는 영향력을 크게 상실했다고도 할 수 있다. 요즘 연구자들은 대체로 자신들이 내놓는 최신 연구 결과를 책으로 묶어 내는 것을 훨씬 선호하며, 자신들의 연구 결과나 그것을 뒷받침하는 이론 등에 대해 대중적인 접점을 만드는 것을 원하지 않아 보이기 때문이다. (점점 그렇게 될 수밖에 없는 제반 연구 여건이 문제이긴 하겠지만 여기서 다룰 주제는 아니다.) 그러나 신서를 읽었던 세대와 그보다 약간 아랫세대 중에는 서구 철학 사조나 사상 등을 교양 혹은 삶에서 매우 중요한 어떤 것으로 생각하는 분위기에서 대학 시절을 지낸 이들이 있다. 대학에 들어가기 전에는 그런 것과 아무 인연이 없던 나 같은 사람도 선배들의 영향을 받아 서구 사상과 이론에 대해 알아야 한다는 일종의 부담감을 가졌으니 말이다.

그들이 생각하는 독자가 과연 '나'일까

지금 소개하는 글들은 신서 시대의 교양에 대한 부담을 당연하게 생각하고 살아온 사람들을 독자로 상정하고 쓰였다고 할 수 있다. 동시에 그런 독자들이 구체적으로 누구인지 파악하기가 매우 어려운 책이기도 하다. 이런 글을 묶어 책으로 내는 경향은 10여 년 전쯤에 거의 끝난 것으로 보인다. 어려운 서구 사상을 알아야 한다는 부담감을 가졌던 세대는 점점 나이가 들어가며, 그런 세대가 더이상 재생산되지 않기 때문이다. 상당히 오래전 독자를 상정하고 쓰인 책인데도 굳이 여기서 거론하는 것은 '학술 논문 아닌 어떤 글'의 대중성과 그 글의 독자 등에 대해서 생각할 여지를 상당히 많이 던져주기 때문이다. 과연 이 글들이 학술과 교양의 어디쯤에 위치하는지, 또 대중성 있는 교양 차원의 글에 가깝다면 과연 그 독자가 누구일지 하나씩 살펴보고 싶다.

1

19세기 이래로 좌파를 대변했던 이론적 경향은 마르크스주의라고 할 수 있다. 물론 모든 좌파의 이론이 마르크스주의에 뿌리를 둔 것은 아니지만, 마르크스주의의 영향으로부터 자유로울 순 없었다. 데이비드 하비의 언급처럼, 마르크스는 누구보다도 일찍 "자본주의 근대화에 대한 포괄적 평가를 제공한 사람"이다. 마르크스는 계몽주의적인 관점에서 현실에서 발생하는 모순과 역설의 뉘앙스를 적절하게 잡아내서 기술한 훌륭한 이론가였다. 마르크스라는 존재감으로 인해, 그 이후 이어진 다양한 좌파적 이론의 기획들이 출현하고 명멸할 수 있었다고 해도 과언이 아니다.[18]

한때 수많은 뉴스에서 마지막에 정리하는 논평을 도맡다시피 한 분이 쓴 글이다. 지금은 대중매체에 칼럼을 잘 쓰지 않지만 한때는 칼럼도 많이 썼고, 잠깐이긴 했지만 텔레비전에서 대중적인 강의를 하기도 했다. 전 국민이 다 아는 필자라고는 할 수 없겠으나, 인문학에 어느 정도 관심 있는 사람들 사이에서는 인지도가 꽤 높은 분이며, 대학 교수이지만 상아탑 안에만 틀어박히기를 원하는 분도 아니라고 할 수 있다. 그분이 '이론 안내서(가이드)'에 해당하는 책을 냈을 때, 어떤 식으로 '안내'를 해줄지 상당히 궁금했다. 인용 부분은 1장 1절의 첫 문단으로, 서문을 제외하자면 책의 인상을 결정하는 단락이라고 할 수 있다.

첫 문단만 보고도 이 책의 인상은 결정된 것이나 마찬가지였다. 물론 나도 사회학에 발을 살짝 담갔으니 '마르크스'라는 이름을 모를 수 없다. 그의 이론이 현대 사회를 이해하는 데 매우 중요하다는 사실도 안다. 그러나 이것만으로는 이 책을 읽을 수 없는 처지라는 점만 깨달았을 뿐이다.

첫 문장을 보자. 일단 '19세기'가 어떠한 시대였는지 별로 아는 바가 없다. 또 그 시대의 좌파란 어떠한 이들이었는지도 모른다. 그러니 "19세기 이래로 좌파를 대변했던 이론적 경향은 마르크스주의"라는 말이 다가올 리가 없다. 두 번째 문장은 '그렇다 치고' 넘어갈 수 있는 문장에 속한다. '모든 좌파의 이론이 마르크스주의 이론이라고는 할 수 없다'라는 뜻이기 때문이다. 세 번째 문장에 가면 벽에 부딪히는 느낌이 든다. 데이비드 하비가 누구지? 부랴부랴 검색이라도 해야 할 것 같지만, 이런 책에서 인용되는 학자치고 검색해서 얻을 수 있는 지식은 책을 읽는 데 별로 도움이 되지 않는다. 하비가 했다는 말을 살펴보자. "(마르크스는) 자본주의 근대화에 대한 포괄적 평가를 제공한 사람." 자본주의 근대화란 어떤 상태를 말할까? 이에 대한 포괄적 평가는 또 어떤 평가일까? 여기까지만 봐도 '모르는 게 너무 많은' 상황임이 명확히 드러난다. 그다음 문장에서 결정타를 맞는다. "계몽주의적인 관점에서 현실에서 발생하는 모순과 역설의 뉘앙스를 적절하게 잡아내서 기술한 훌륭한 이론가." 현실에서 어떤 모순과 역설이 발생했는가? 이를 바라보는 계몽주의적인 관점이란 무엇인가? 모순이라는 말도 알고 역설이라는 말도 알고 계몽이라는 말도 알건만, 이 문장들의 흐름 속에서 과연 이것들이 무엇을 의미하는지 도저히 알 수 없다. 게임은 끝이다. 읽을 수 없는 것이다. 알려는 욕구가 있고, 사상을 알아야 한다는 부담감이 가득하고, 지식이 밑바닥 수준을 겨우 벗어난 처지로서는 읽을 수 없다.

　뒤집어서 이야기하겠다. '알려는 욕구가 있고, 사상을 알아야 한다는 부담감이 가득하고, 지식이 밑바닥 수준을 겨우 벗어난 처지'의 독자를 위해서는 저 의문들을 어느 정도 해결하고 넘어가야 할 필요가 있다는 뜻이다. 19세기라는 시대 배경을 설명하고, 그때의 자본주의가 어떤 상태였는지 밑그림을 그릴 필요가 있다. 당시의 자본주의에 반기를 들었을 대표적인 좌파 이론가 한두 사람 정도 들어서 그들의 이론을 간략하게라도 설명한 다음, 마르크스의 '자본주의 평가'를 이야기해야 하고 이들이 어느 지점에서 같고 다른지 대비해서 보여주어야 한다. 그래야 데이비드 하비라는 사람이 누군지는 몰라도 마르크스가 무엇을 말하려 했고, 왜 자본주의 비판에 그토록 중요한 사람인지 어느 정도는 감을 잡을 수 있다.

다시 뒤집어서 이야기하자면, 이 글은 19세기의 자본주의에 대해 어느 정도 감이 있고, 그 당시의 좌파들이 누구인지 대강 알며, 특히나 마르크스의 사상에 대해서도 잘 아는 사람을 대상으로 쓰인 글이라는 뜻이다. '19세기' '좌파' '마르크스'. 어느 것 하나 만만하지 않은 키워드이다. 이 대목이 책의 첫머리라는 점을 생각하면 '19세기, 좌파, 마르크스, 이 정도는 알아야지' 혹은 '이 정도는 알고 있겠지'라는 전제를 제시한 셈이다. 이 책이 마르크스로부터 이어지는 현대 사상을 해설하려 한 책이므로 첫머리를 마르크스부터 시작하는 것은 이해할 수 있다.

그러나 그 전제가 되는 지식이 너무 넓고 깊다는 생각이 든다. '가이드'라는 말이 들어가는 책 제목에 이끌려 들어왔다가도 곧바로 책을 덮게 만들 만큼 이 전제는 거대한 벽을 치고 있다.

두 번째로 살펴볼 예는 한국에서 '철학' 입문 성격의 글을 쓸 때 쉽게 빠질 수 있는 '어떤 계몽에 대한 유혹'을 잘 드러내 보이는 철학 안내서이다. 이 책의 필자 또한 최근까지 신문에 칼럼을 쓴 분이다. 책의 서문 첫머리에서 저자는, 철학은 늘 잠들려 하는 정신을 일깨우고, 안온해 보이던 삶을 흔들고, 그럼으로써 온전한 삶을 살게 한다고 말한다. 그런 역할이야말로 많은 이들이 철학에 기대하는 것이 아니겠는가.

그런 한편, 저자는 철학이 내 삶 바깥에서 밀고 들어와 삶을 송두리째 뒤흔든다고 말한다. "철학은 우리 삶이 믿고 있는 안전하게 보이는 진리와 가치의 지반을 무너뜨린다. 철학은 대면하기 싫은 친구이고 환란을 주는 자이다. 철학은 인간을 못 견디게 하는 반갑지 않은 손님이고, 환대 대신 독배가 주어진 저 소크라테스의 운명이 보여주듯, 삶의 작위적인 형태들과 자주 충돌한다."[19] 그런데 철학과 지금 내가 사는 안정된 삶은 양립이 불가능한

가? 철학은 정말 나를 못 견디게 하는 반갑지 않은 손님 인가? 철학을 공부하면 기득권에 가까워 보이는 저것들, "삶을 지배하는 모든 세력, 편견과 돈과 인기 모리배와 법의 권위"로부터 배척당하게 되는가? 꼬리에 꼬리를 무는 의문 뒤로 철학이 무섭고 불안한 것이라는 인상을 받는다. 여태껏 생각하지 못했던 바를 생각함으로써 좁은 틀에만 갇혀 있던 내 생각과 삶의 폭을 넓히자, 그 과정이 쉽고 편하다고 할 수 없다, 라고 독자를 설득하는 것이 저자의 의도였으리라 짐작한다. 하지만 설득의 말이 왜 불안감을 불러일으키는 문구로 점철되어야 하는지 의문이 든다.

이는 '철학'이라는 말이 사람들에게 불러일으키는 일반적인 인식과 크게 다를 바 없다. '어렵고 힘들지만 보람을 찾을 수 있는 어떤 공부.' 많은 철학 입문서를 볼 때 독자의 방점은 '보람'에 찍히는 게 아니라 거의 늘 '어렵고 힘들지만'에 찍힌다. 철학을 안내하겠다는 어떤 이들은 곧잘 '외면하고 싶겠지만 그래서는 안 된다'는 식으로 자꾸 철학에 대해 겁을 준다. 실제로 철학은 우리가 살다 보면 외면할 수 없는 문제에 대한 나름의 해답을 찾으려고 하는 학문이다. 사람은 왜 태어나고 죽는가? 사람은 왜 무리 지어 생활하는가? 왜 남성의 삶과 여성의 삶은 다른가? 생각과 공부의 역사는 언제부터 시작되었고 현재 어떤 경향을 보이는가? 이런 문제들이 반드시 대면하기 싫은 문제이며 삶에 환란을 가져오는 문제라고는 할 수 없다. 이 문제를 어떻게 이해할 것인가, 이런 문제와 어떻게 더불어 살아가야 하는지를 함께 고민하고 이야기하는 것이 철학 아닌가? 수많은 저자가 이런 문제들 속으로 사람들을 초대한답시고 한 말이, 사실상 '배고픈 소크라테스로 살지 않으면 배부른 돼지가 된다'는 식의 겁 주기와 다름없었다는 점은 큰 문제다.

어떻게 철학에 관심을 갖도록 할 수 있을까? 대안이 되는 예문을 제시하는 방식은 노골적인 비교 같아서 꺼려지기는 하지만, 최근에 읽고서 상당히 좋은 인상을 받았던 예문을 소개하고 싶다. 위의 예문과 어떻게 다른지 참고해주기를 바란다.

〔들어가며〕

'철학'이라고 하면 까다롭고 뭘 말하는지 알 수 없는 학문이라고 생각할지도 모르겠습니다. 철학이 그냥 봐서 알 수 있을 만큼 쉽지 않은 것만은 분명 사실입니다. (……)

하지만 일단 한번 몸에 익히면 이것만큼 재미있고, 즐겁고, 게다가 도움이 되는 학문도 없습니다.

이 책에서는 철학·사상에서 그야말로 핵심만을 될 수 있는 대로 쉽고 간결하게 해설했습니다.

일상적이고 구체적인 예도 많이 들었습니다. 책을 읽고 실감할 수 있고, 마음에 다가올 수 있도록 집필하는 데 힘을 기울였습니다. (……)

〔프롤로그〕 철학이란 무엇인가

1. 철학이란 어떠한 사고법인가

누구나 나만 부당한 대우를 받으면 화가 나고, 하늘에 가득한 별을 보면 감동하고, '아는 척'했다는 것을 들키면 부끄럽게 생각합니다. 이는 누구나 공평함, 아름다움, 진정한 앎 등이 무엇인지 알기 때문입니다. 이렇듯 누구나 지닌 기준과 가치, 상식을 언어화하여 갈고닦아온 것이 철학입니다. 우선 철학이 무엇인지 대략적으로 이 장에서 이해해봅시다.[20]

어떤가? 철학이 쉽지 않은 학문임을 인정하면서도, 철학에 대해 아무런 배경지식이 없는 사람도 다 이해할 수 있는 말로 철학이 무엇인지 간명하게 설명했다. 게다가 앞서 든 예문과 마찬가지로 대학에서 사상과 철학을 가르치는 대학 교수가 쓴 글이다. 나는 이 글을 읽으면서 아, 이런 식으로도 초심자를 끌어들일 수 있구나, 하고 감명을 받았다. 이 글은 철학을 모르면 안 된다는 식으로 겁을 주지 않는다. 철학의 '철' 자에 관심이 없던 사람도 했을 법한 경험을 돌아보게 만들고, 그 평범해 보이는 경험이 철학의 첫걸음이 된다는 사실을 아주 쉽게 이해시킨다. 맞다. 누구나 공평함, 아름다움, 진정한 앎에 대해 논리적인 언어로 긴 글을 쓴 적이 없다 해도 그런 가치가 무엇인지는 안다. 바로 거기서부터 시작하는 글이다. 물론 바로 이어지는 문장에서는 철학이라는 말에서 느끼게 마련인 부담을 내비치기는 한다. "기준과 가치, 상식을 언어화하여 갈고닦아온" 역사가 짧지는 않기 때문이다. 그러나 그 기초 중의 기초가 바로 지금 내가 (그리고 다른 사람들도) 지닌 기준과 가치, 상식임에는 변함이 없다. 그 사실을 이해하기만 해도 마음이 편해진다.

이 책은 '본격적인' 철학을 한다는 이들이 대단히 싫

어할 제목을 달고 있다. '대학 4년간 배우는 철학 열 시간 안에 대강 끝내기.' 한마디로 철학 사조 요약 도서이며 '열 시간 안에 끝낸다'라는 말에서 알 수 있듯이 요약 도서를 다시 요약한 책이라고 할 만큼 콤팩트한 내용을 담고 있다. 하지만 흔히 떠올리는 것처럼 '철학은 고대 그리스에서 시작되어……' 운운하며 시작하지 않는다. 책 제목에서 대학생 이상 독자를 염두에 두었다고 짐작할 수 있지만, 대학 교육을 받지 않은 사람도 이해할 수 있는 수준임을 첫머리만 읽어도 알 수 있다. 비록 열 시간 안에 이 책을 다 읽거나 이해하기는 불가능하더라도, 이 책을 읽을 수 있겠다는 용기가 생긴다.

어떤 필자들은 '쉽게 쓰는 것'이 독자의 눈높이에 맞추는 것이라고 믿는다. 그런 생각에서 시도하는 많은 책이 예문 1이나 예문 2와 같은 '어려운 글' '계몽하려는 글'로 끝난다. 독자들을 '자신(필자)의 눈높이'까지 데려올 수 있는 글이 누구나 이해할 수 있는 말로 쓰일 수 있다는 것은 상상 밖의 일인 것이다. 그러나 이는 절대로 불가능한 일이 아니다.

다음 예문으로 넘어가보자. 예문 3과 4는 지금도 활발하게 매체의 칼럼니스트로도 활동하고 있는 분이 쓴 글이다. 직장도 돈도 사회적 지위도 쉽게 가질 수 없는 젊은 세대를 분석하고 이들의 편에서 글을 쓴 이분은 대체로 약자의 편에 서는 칼럼을 많이 쓰면서 상당한 인기를 얻었다. 예문 3, 4는 그분이 2016년에 낸 '한국 사회 비평/칼럼' '정치 비평'으로 분류되는 책에서 가져왔다. 예문 1과 2에서는 독자가 누구인지 생각은 할 수 있었지만 그 모습이 구체적으로 드러나지는 않았다. 하지만 예문 3에는 필자가 생각하는 독자가 누구인지 구체적으로 생각할 만한 여지가 있으며, 예문 4에는 내가 생각하는 '자유로운 개념 사용'에 대해 고민할 수 있는 부분이 있어서 예로 들고 싶었다.

3

(……) 권력의 비대칭성을 끊임없이 구조화하는 제도에 대해 질문을 던지지 않을 때, 괴물은 바로 그 제도의 '안'에서 만들어진다. 그 제도 안에서 자신에게 할당된 역할에 충실하고, 다른 이에게도 그 제도 안에서 주어진 역할에 충실할 것을 강요할 때, 그 사람이 바로 폭력을 휘두르는 괴물이 된다.

우리는 한나 아렌트와 바우만을 통해 이 제도에 충실한

인간이 어떻게 '악'이 되는지에 대해 많은 이야기를 들었다. 아우슈비츠에서 자신의 역할에 충실했던 아이히만은, 자신의 역할에 충실했기 때문에 '악'이 되었다. 아렌트는 이것을 '악의 평범성'이라고 말했다. 아이히만의 가장 큰 잘못은 여기에 대해 한 번도 질문을 던지지 않았다는 점이다. 그는 그의 역할에 대해 질문을 던지지 않았기에 '제도의 언어'를 단순 반복하기만 했다. 또한 제도와 자기의 역할에 대해 생각이 없기에 자기 언어가 없는 사람이며, 자기 언어가 없기에 자기를 돌아볼 수 없는 사람이다. 무-사유와 무-성찰성이 사람을 괴물로 만든다.[21]

우선 이 글이 인터넷 서점에서 '칼럼'으로 분류된 책에 실려 있음을 상기해야겠다. '칼럼'이라는 말만 보아도 '학술 논문은 아니지만 대중적이기를 지향하는 글'임을 떠올릴 것이다. 첫 문단만 봐도 전형적인 어려운 칼럼 같은 글임을 알 수 있다. 이미 칼럼에서 익숙해진 문체라고 볼 수 있으니 일단 넘어가겠다. 내가 정말 문제라고 생각하는 부분은 바로 그다음 대목이다.

"우리는 한나 아렌트와 바우만을 통해 이 제도에 충실한 인간이 어떻게 '악'이 되는지에 대해 많은 이야기를 들었다." 여기서 주목해야 할 부분이 '우리'다. '우리'가 과연 누굴까? 나는 이 대목을 읽으면서 혹시 앞에 한나 아렌트와 바우만에 대한 언급(이야기)이 있는지 다시 확인했다. 그렇지 않았다. 아렌트와 바우만은 여기서 처음 등장한다. 짐작건대 뒤에 '악의 평범성'과 '아이히만'이라는 말이 나오는 것으로 보아 '한나 아렌트의 이야기'는 아마 『예루살렘의 아이히만』이라는 아렌트의 책을 말하는 듯싶다. 바우만은 지그문트 바우만을 말하는데, '제도에 충실한 인간이 어떻게 악이 되는가'를 언급하는 책은 『현대성과 홀로코스트』 같다. 둘 다 쉽게 읽기 힘든 책이다. 하지만 '아렌트와 바우만을 통해 이야기를 들은 우리'라는 표현은 명백히 한나 아렌트와 지그문트 바우만의 저 책들을 읽은 사람을 말한다. 그들은 누구일까? 필자의 동료 연구자일 수도 있고, 한나 아렌트/바우만 저작 세미나나 독서 모임을 하는 사람일 수도 있다. 그들은 분명 '우리'가 맞을 것이다.

아렌트와 바우만을 모른 채 이 책을 집어 든 사람은 어떻게 되는가? 여기서 '우리'라는 지칭은 절대 고의는 아니겠지만 누군가를 배제하고 난 뒤의 '우리'다. 아렌트와 바우만의 책을 알고 있어도 그 책들이 어떻다고 쉽게 말할 수 없는 처지에서 예문 3을 읽었을 때 느낀 것은 소외감이다. 나는 분명 저 '우리' 안에 들어가지 못한다. 그런 소외감을 안고 책을 읽어야 하는 사람은 어떻게 해야 하는가? 결코 쉽게 읽을 수 없는 아렌트와 바우만의 '이야기'를 다 읽고 다시 이 '글'을 읽어야 하는가? 그렇다면 독서의 선후가 잘못된 것이 아닐까?

4

그러면 근대 국가라는 건 어떤 토대 위에서 세워진 것인가에 대해 이야기할 차례다. 푸코의 생명권력론에 따르면 중세까지의 권력은 **죽게 하고 살게 내버려두는** 권력이었다.[3] 내가 힘이 있다는 걸 어떻게 보여줄 것인가. 가장 가시적인 방법은 너를 맘대로 다룰 수 있다는 걸 보여주는 것이다. 이것이 중세 권력이 자신을 현시하는 방식이다. 그래서 중세까지의 처형은 공개 처형이었다. 죽일 수 있다는 걸 보여줘야 했기 때문이다. 그러면 살게 하는 것은 누구의 몫인가. 그건 너희들이 알아서 하라는 거다. 서양의 중세에는 빈민, 죽어가는 사람, 병자들을 교회가 돌봤다. 수도원이 옛날에는 병원이나 구민서 같은 역할을 했다.

근대로 접어들면서 이것이 바뀌었다. 근대 국가 권력은

살게 하고 죽게 내버려두는 권력이다.[4] 이것이 생명권력의 가장 중요한 특징이다. 권력은 더 이상 죽이는 것을 우리에게 보여주지 않는다. 공개 처형은 야만적인 일로 비난받는다. 몸에 직접적인 위해를 가하는 신체형도 금지된다.[22]

(3) 미셸 푸코, 『사회를 보호해야 한다』, 김상운 옮김, 난장, 2015, 289면.
(4) 같은 곳.

예문 4는 다른 이야기를 하고 싶어서 가져왔다. 굵은 글씨로 표시한 부분은 무슨 말인지 도무지 이해할 수 없다. '죽게 하고 살게 내버려둔다' '살게 하고 죽게 내버려둔다'는 것이 어떤 상태인지 길을 가는 사람을 붙잡고 물어본다면 잘 모르겠다, 이상하다는 대답이 돌아올 것이다. 사람들이 이상한 것이 아니다. 이 표현들에는 분명 문제가 있다.

상식적으로 생각했을 때 죽음과 삶은 공존할 수 있는 상태가 아니다. 죽음은 죽음이고 삶은 삶이다. 예문 4에서는 이것들이 공존한다. 첫 번째 표현을 나누어서 살펴보자. '죽게 한다. 그리고 살게 내버려둔다'라고 할 수 있다. 시적인 표현으로 보이며 현실의 어떤 상태를 지칭한다고 생각되지는 않는다. 죽음과 삶은 공존할 수 없기 때문이다. 물론 바로 뒤에서 이 말뜻을 설명하기는 한다.

'죽일 수 있다는 것을 보여준다. 그리고 삶은 알아서 살게 내버려둔다.' 죽음과 삶이 공존하지 않는다는 상식에 비추어보았을 때, '죽게 하고 살게 내버려두는'과 등호를 칠 수 있는 표현이라는 생각이 들지는 않는다. '살게 하고 죽게 내버려둔다'는 표현도 마찬가지다. 그런데 이 알쏭달쏭한 표현들은 놀랍게도 학계에서 쓰는 바른 번역, 통용되는 번역이다. 『생명정치란 무엇인가』라는 책이 나에게 있었던 터라 이에 대한 설명이 있으리라 생각하고 뒤졌더니 아래와 같은 표현이 나왔다.

   1. 살게 만들고 죽게 내버려두다[23]

   예문 4의 각주 (3)(4)에서는 이 표현들을 프랑스의 사상가 미셸 푸코의 책 『사회를 보호해야 한다』에서 인용했다고 밝혔는데, 두 책이 똑같은 표현을 사용한 점으로 미루어 학계에서 통용되는 번역이라고 보아도 무방하다. 그렇다고 해서 그냥 읽어서는 도통 이해하기 어려운 번역어를 써야 할까? 그렇지 않다.

   운이 좋았는지 나는 예문 3, 4가 실린 책이 나오기 몇 개월 전에 『나를 위한 현대철학 사용법』[24]이라는 번역서를 내게 되었다. 여기에 바로 '생명권력/생명정치'에 관한 대목이 실려 있다. 생명권력 또는 생명정치란 쉽게 설명하자면 인간의 생명을 통제하고 관리하는 식으로 전개되어온 권력 또는 정치를 의미한다. 인간의 생명을 통제하는 가장 큰 권력이 무엇일까? 죽일 수 있는 권력이다. '죽게 하고'라는 말은 중세까지는 '죽일 수 있는 권력'을 중시하고 과시해왔다는 뜻이다. 여기까지는 예문 4와 거의 똑같다. 하지만 '살게 내버려두다'는 예문 4에서 본 해석과 달랐다. 이는 '죽이지 않는다'는 뜻이다.『나를 위한 현대철학 사용법』에서는 '죽게 하고 살게 내버려두는'을 이렇게 이야기한다. "죽일 수 있지만 죽이지 않는다." 어떤가? 여기서는 '죽일 수 있지만'을 강조한다는 점이 선명히 드러난다. 죽이지만 않을 뿐, 삶은 나 몰라라 한다는 '원문'의 의미가 '죽게 하고 살게 내버려두다'보다 훨씬 잘 전달된다. '살게 하고 죽게 내버려둔다'는 어떻게 되어 있을까? 맞다. "살려둘 수 없지만 계속 살게 한다."이다. 생살여탈을 결정할 수 있는 권력은 중세든 현대든 똑같으며, 무엇을 중시하는가에 따라 '생명권력(죽일 수 있음을 중시)'과 '생명정치(내키지 않더라도 살려두는 것을 중시)'로 나뉜다는 설명이 있다. 이 부분을 읽지 않았더라면 나는 '살게 하고 죽게 내버려두는' '죽게 하고 살게 내버려두는'이라는 말이 무엇을 뜻하는지 끝끝내 몰랐을 것이다.[25]

미셸 푸코와 관련된 두 권의 번역서(『사회를 보호해야 한다』와 『생명정치란 무엇인가』)에서 '살게 만들고 죽게 내버려두다'라는 표현이 나왔으니 이것이 현재 통용되는 '맞는 번역'이라는 데는 동의한다. 하지만 좀 더 자유롭게 표현하고 설명할 길도 분명히 있다. 개념을 개념 그대로 문장 안에 가져와야만 그 본질이 제대로 표현되는 것은 아니다. 인문학 개념을 정확하게 사용하는 것은 물론 중요하지만, 신줏단지 모시듯이 할 필요가 없다. 개념을 정확히 알고 있다면 다른 표현을 사용해서도 이를 설명할 수 있다. 내가 감히 많은 필자에게 바라는 바가 이것이다. 좀 더 자유롭게, 그러나 정확하게. 그렇게도 쓸 수 있고 또 그렇게 써야 하지 않을까? 학문에는 그런 '자유'가 반드시 필요하지 않을까?

이와 관련하여 꼭 같이 생각하고 싶은 개념이 있다. 러시아 출신 언어학자인 로만 야콥슨이 제시한 번역의 정의다. '번역이란 무엇인가'를 공부하기 시작하면 가장 먼저 마주치는 것이 로만 야콥슨의 정의라고 보아도 무방할 만큼 이 정의는 간결하고 이해하기 어렵지 않다.

첫 번째는 '언어 간 번역'이다. 예를 들자면 영어를 한국어로, 한국어를 프랑스어로 옮기는 식의 번역이다. 두 번째는 '언어 내 번역'이다. 이는 동일 언어 내에서 어떤 표현을 다른 표현으로 바꾸어 말하기다. 쉬운 예를 들자면 '태양'을 '해'라고 하는 것이나, '밥은 먹었냐?'라는 말을 '식사는 했어?'라고 달리 말하는 것도 여기에 들어간다. 세 번째는 '기호 간 번역'이다. 가령 그림(기호 1)으로만 이루어진 교통표지판을 보았을 때, 우리가 알고 있는 말(기호 2)로 바꾸어 해석하는 행위 등을 말한다.

내가 강조하고 싶은 개념, 좀 더 자유롭게 현실에 적용하고 싶은 개념이 바로 두 번째다. 가장 쉽게 떠올리는 번역은 야콥슨이 '본연의 번역'이라고 말한 '언어 간 번역'이지만, 그가 번역의 가장 앞자리에 놓은 것은 '언어 내 번역', 즉 바꾸어 말하기다. 왜 그랬을까? 「번역의 언어학적 측면들에 관하여」[26]를 다 읽어도 왜 '언어 내 번역'이 번역의 가장 첫머리에 놓여야 하는지는 알 수 없다. 하지만 이런 가능성을 생각할 수는 있다. '바꾸어 말하기'란 한 언어를 구사하는 사람이라면 누구나 하고 있는 행위이자 할 수 있는 행위이기 때문이다.

나는 야콥슨이 한 기호를 동일 언어 내의 다른 기호로 해석하는 '바꾸어 말하기'를 '번역'으로 지칭했다는 데 신선한 감명을 받았다. 이는 누구나 하고 있는 행위인 동시에, 내가 십수 년간 해온 일, 즉 단어나 문장의 오류를 잡아낼 뿐만 아니라 더 좋은 표현은 없는지 끊임없이 고민하고 고치는 일이 '번역'일 수 있다는 가능성을 제시했기 때문이다. 이를 야콥슨이 '본연의 번역'이라고 부른 '언어 간 번역'의 위상에까지 올릴 수 있다면(위에서 이야기했듯이 야콥슨은 '언어 내 번역'을 번역의 정의 가운데 가장 위에 올려놓았다.), 편집자의 일 가운데 큰 비중을 차지하면서도 그것이 창작이나 '언어 간 번역'이 아니라는 이유로 상대적으로 폄하되는 '교정교열'의 중요성을 재고할 수 있지 않을까 하는 생각을, 이 개념을 만난 이후 죽 하고 있다.

'바꾸어 말하기'는 누구나 할 수 있기 때문에 그 중요성을 쉽게 인지하지 못한다. 그 때문에 인문학 내에서 '모르는 사람을 위해 아는 사람이 하는' '번역'의 차원에서 바꾸어 말하기를 논의할 필요가 있다는 문제의식을 갖게 했다. 보통 '번역'이라고 하면 대개 두 언어의 달인들이 하는 어렵고 복잡하고 힘든 작업이라고 생각한다.

하지만 '언어 내 번역'의 전문가인 편집자들과 나의 경험에 비추어보면 '언어 간 번역'만큼이나 힘든 작업이 '언어 내 번역'이다. 어떤 영어 단어의 한국어 뜻을 생각해내는 것과 그것과 동일한 (혹은 아주 유사한) 다른 한국어를 생각해내는 것 사이의 물질적, 정신적, 시간적 차이는 무엇일까? 차이가 없을 뿐만 아니라 후자가 훨씬 힘들 때도 있다. 아니, 거의 불가능해 보이는 경우도 있다. 앞에서 본 칼럼 등에 나온, 보기만 해도 머리가 지끈거리는 인문학 개념에 '언어 내 번역'을 적용한 경우는 매우 보기 힘들기 때문이다. 예문 4의 '죽게 하고 살게 내버려두는'과 '살게 하고 죽게 내버려두는'이 좋은 예다. 이를 '언어 간 번역'을 거쳐 다시 '언어 내 번역'으로 제시한 것이 '죽일 수 있지만 죽이지 않는다' '살려둘 수 없지만 살게 한다'라고 볼 수 있다. 만약 인문학 연구자들이 이런 '언어 내 번역'을 '언어 간 번역'만큼이나 중요하게 여기고 좀 더 의식적으로 한다면 어떨까? 그런 의식은 어떻게 갖게 할 수 있을까? 고민할 문제가 많지만 여기쯤에서 '언어 내 번역'에 대한 짧은 생각은 접으려 한다.

현재 한국 사회에서 인문학의 언어만큼 '언어 내 번역'을 완고하게 거부하는 언어도 드문 것 같다. 뒤에서 살펴보겠지만, 그 완고함의 근원에는 결국 '그 언어가 유래한 뿌리를 잃어버릴 수밖에 없었던' 역사가 존재한다는 것이 내 생각이다.

언제부터 써왔는지, 어떻게 쓰게 되었는지 알 수 없고, 언어 내 번역도 거의 불가능하여 앞으로 나아갈 수도 없는 상태. 변화하는 시대·사회·언어와 동시대적으로 호흡하지 못하는 완고한 상태. '이 정도는 알고 있겠지'라는 안일한 전제. 배경지식을 공유한다고 생각한 '우리'를 대상으로 삼지만 정작 정체를 알 수 없는 '우리'. 공부가 직업이 아닌 사람들에게 생소한 개념을 필자 스스로도 소화하지 못하면서 문장 안에 그대로 가져오는 글쓰기 습관. 이것이 내가 그동안 부족하나마 여러 인문교양서를 읽으면서, 또는 읽으려고 애쓰면서 생각하게 된, '인문학이 사람들에게서 점점 멀어지는 이유'다. 짧지 않은 세월 동안 상당히 많이 발간된 철학 안내서, 사상가 입문서나 해설서 같은 책이 인문교양서의 주류 자리에서 완전히 밀려난 것은 이 때문이라고 생각한다. 그 중요성에 대해서는 아직도 수많은 사람이 이야기하고 또 공감도 하는데 말이다.

최근 교양서의 경향과 '고전'과의 여전한 간극

서구 사상과 이론을 해설하거나 이에 기대어 사회 평론을 하는 전통적인 '인문교양서'의 퇴조와 맞물려 '넓고 얕은 지식'을 이야기하는 책이 약진하고 있다. 나는 이런 시도 자체가 매우 의미 있고, 소위 평론가나 연구자 들에게 지적을 받을지언정 이런 책들이 더 많이 나와야 한다고 생각한다. 이런 믿음은 일반인들의 '항변'과도 정확히 맞물린다. 얼마 전 역사를 쉽게 전달하기로 이름난 강사가 논문 표절 문제로 자신이 진행하던 여러 프로그램에서 하차한 일이 발생했다. 사람들은 표절은 물론 잘못된 일이라고 비판했지만 그의 '전달 능력'만큼은 높이 평가했다.

　「'역사왜곡·논문표절' 논란에도 ○○○ 책이 잘 팔리는 이유는?」이라는 기사의 댓글을 보면 참으로 아프게 다가오는 부분이 있다. "잘 아는 것은 서울대 교수일지 몰라도 잘 전달하는 것은 ○○○이다. 일반인과 예능 프로그램에선 잘 전달하는 사람이 필요하지 아는 것만 많고 지루하게 강의하는 교수는 아니다."(nara****), "나름 역사에 전문가라던 사람들 반성해라. 그렇게 욕하면서도 ○○○을 대체할 만한 인물이 없다는 게 니들이 그동안 얼마나 게을렀는지 보여준다."(chu—****)[27]

나는 누구나 지식욕을 갖고 있고 그 지식욕을 충족시키기를 원하는 경향이 텔레비전 프로그램에 나오는 전달력 좋은 '스타 강사'나 '스타 필자'를 만들었다고 생각한다. 현대를 살아가는 평범한 사람들이 '인문학적 교양'을 얻고자 할 때, 어디서부터 시작해야 하는지 제시하기란 보통 어려운 일이 아니다. 많은 대학 교수나 연구자들이 이를 대학 전공 수업 중 '○○학 입문' 정도로 생각하거나 혹은 그 정도는 떼고 와야 한다는 무의식적인 전제하에 쓴 글들을 '대중적인 글'로 생각한다면, '넓고 얕은 지식'을 표방하는 필자들은 '○○학 입문'보다 한 단계 낮은 수준으로 내려가서 시작한다. 그들은 무엇을 출발점으로 삼아야 하는지 아는 '감'이 발달했다.

개인 방송인 팟캐스트와 맞물려 시너지 효과를 얻으면서 베스트셀러가 된 『지적 대화를 위한 넓고 얕은 지식』(이하 '지대넓얕'으로 줄임)을 예로 들겠다. 이 책은 제목에서부터 사람들을 사로잡을 수 있는 요소를 갖고 있다. '지적 대화'라는 말과 '넓고 얕은 지식'이라는 말을 결합한 데서부터 한 방 맞은 듯했는데, 전자는 '누구나 하고 싶어 하는 것'을, 후자는 '누구나 얻을 수 있는 것'을 의미하는 것으로 보였기 때문이다. 물론 제목과 별개로 내용이 그에 미치지 못한다면 책은 팔리지 않았을 것이다. 『지대넓얕』은 평소 인터넷 뉴스 등을 보면서 흔히 접했던 말이지만, 직접 설명하기 힘든 용어들(자본주의, 제국주의, 신자유주의, 보수, 진보, 민주주의, 윤리 등)을 키워드로 삼아 차례를 구성했다. 아, 이 정도만 알아도 우리가 살아가는 세상을 구성하는 추상적인 요소들이 무엇인지 대강 감은 잡을 수 있겠다는 생각이 든다. 다양하고 쉬운 예시와 어렵게 느껴지지 않는 문장으로 이를 설명하는 것도 장점이다.

『지대넓얕』을 '깊이가 없다'고 비판하는 건 쉬운 일이며, 인터넷 서점 등을 들어가 보면 실제로 비판적인 서평이나 '한줄평' 등을 여럿 찾아볼 수 있다. 그러나 이 책이 만든 패러다임, 즉 '이 정도 지식을 가지면 지적 대화를 할 수 있다'는 패러다임을 깨고 싶다면, 사람들에게 깊이가 없으니 딴 책을 보라는 식의 폭력적이고 하나마나한 강요를 해서는 소용없다고 생각한다.

　나는 『지대넓얕』이 거둔 성과나 한국에서 큰 반향을 일으킨 인문서들을 요약하고 해설하는 국내 저자의 책, 그리고 하루에 한 쪽씩 읽으라는 책이 호평을 받는 현상을 상당히 긍정적으로 생각한다. 요즘과 같은 시대에는 사람들이 책을 손에 들게 만드는 것 자체가 어려운 과제이고, 그렇게 첫걸음을 떼는 것이 누군가에게는 매우 중요할 수 있으며, 그 '누군가'의 폭을 크게 넓혔다는 의의는 절대 무시할 수 없다.

　아쉬운 점도 물론 있다. '넓고 얕은 지식'이 '좁고 깊은 지식'과 연계될 수 있는 고리가 너무 적지 않은가 싶어서이다. 『지대넓얕』과 같은 책은 차례가 굉장히 훌륭하며, 위에서 말했듯이 내용을 설명하는 데도 저자가 상당히 심혈을 기울였음을 알 수 있다. 차례에서 말하는 용어들, 즉 '자본주의' '진보' '민주주의'와 같은 키워드와 관련해서는, 이 용어들의 역사는 물론이고 고전으로 평가받는 책부터 최신 학술 경향을 담은 책에 이르기까지 오래도록 읽히거나 중요시되는 책이 있는데도 이에 대한 언급이 없는 점이 상당히 아쉽다.

『지대넓얕』을 읽은 다음에는 '어디로 가야 하는가?' 같은 책을 반복해 읽으면서 내 것으로 만드는 것도 중요한 공부지만, 하나를 떼면 보통 그다음으로 넘어가고 싶은 게 인지상정이다. 『지대넓얕』에 담긴 키워드를 조금 더 깊고 자세하게 다루는 책으로 건너갈 수 있는지 고민했지만 책 안에는 뾰족한 답이 없었으며, 딱히 좋은 답도 떠오르지 않았다. '자본주의'의 정의를 알고 그에 대한 설명을 몇 쪽 읽는 것에도 분명히 의의가 있지만, 이것만으로는 부족하다. 『지대넓얕』이 지닌 많은 미덕에도 불구하고 이 책을 발전적으로 넘어서면서도 많은 독자에게 좋은 평가를 받는 '또 다른 책'을 기다리는 것은 그 때문이다.

3장

모두가 알지만
아무도 이야기하지 않는 그 언어

일본의 근대는 일본어를 만드는 데서부터
시작했다.

—아즈마 히로키

과거에 사로잡히지 않기 위해서는 과거와
단절해야 하는 것이 아니라 과거를
객관화해야 한다.

—황현산

근원을 알 수 없는 '우리말'

번역 작업을 하고 있으면 '가능성'과 '불가능성'이라는 문제와 마주하게 된다. 가능성이란 말하자면 한 언어는 다른 언어로 옮길 수 있다는 뜻이다. 이 말을 의심하는 사람은 없을 것이다. 대부분의 번역 작업이 이에 기초하여 이루어지며 가능성 없이 번역에 뛰어들 생각은 하지 못할 것이다. '불가능성'은, 옮길 수는 있으나 그 과정에서 떨어져 나가는 것이 있다는 뜻이겠다. 특정 언어의 각 표현에 존재하는 아주 미묘한 뉘앙스, 정서, 감정 같은 것들을 번역으로는 '완벽하게' 재현할 수 없다는 말이다.

좌충우돌하며 배운 일본어 학습 과정(사실 어학 학원의 초·중급 코스 이수 같은 본격적인 '학습'으로 내세울 만한 과정은 거의 없었다.)에서 가장 먼저 눈에 띈 것은 바로 불가능성보다는 '가능성'이었다. 주-목-술 어순이 상당히 비슷하다는 점도 일본어를 쉽게 배울 수 있겠다는 착각을 불러일으켰지만, 그보다 이 언어를 쉽다고 느끼게 했던 것은 상당히 많은 단어가 '똑같다'는 사실이었다.

　고등학생 시절, '아, 이게 바로 일본어구나' 하는 인식을 갖게 한 단어는 일본어 교과서에 나온 '고쿠리쓰하쿠부쓰칸'이었다. 독음만 써놓으니 생소해 보이지만 한국어로 옮기면 누구나 아는 단어다. 바로 '국립박물관'이다. 한자는 똑같으나 한쪽은 '고쿠리쓰하쿠부쓰칸', 한쪽은 '국립박물관'이라고 읽는다. 이들 사이의 거리는 똑같은 한자만큼이나 가까워 보이기도 하고, 양쪽 언어의 발음만큼이나 멀어 보이기도 한다. 일본어를 배운다는 것은 발음을 듣는 순간 그 뜻을 인지해내야 함을 뜻했다. 이를 깨달은 순간 가깝게만 생각했던 일본어가 한국어와 다른 언어이고 '진짜' 외국어임을 절실히 느꼈다.

　하지만 한자만 보면 '가능성' 쪽에 더 무게를 둘 수밖에 없고 이는 일본어 공부에 큰 도움을 주었다. 그러나 어느 순간, 이 '가능성'이 너무나 완벽하다는 생각이 들기 시작했다. 어떻게 한 언어와 다른 언어가 이렇게 많은 단어를 '완벽하게 똑같이' 공유할 수 있는가? 분명히 존재하지만 왜 이런 현실이 존재하게 되었는가를 좀처럼 이해하기 힘들었다. 영어를 떠올려보자. 'morning'과 '아침'은 서로 지시하는 대상은 같지만 보자마자 똑같다고 느껴지지는 않는다. 물론 알타이어 계통에 속하는 한국어와 인도유럽어족 사이의 거리를 동아시아 한자문화권 언어 사이의 거리와 직접 비교할 수는 없겠으나, 언어는 기본적으로 '서로 다른' 것이다. 그런데 한국어와 일본어 사이에는 왜 이렇게 같은 단어가 많은가. 의미와 철자를 공유하는 단어가 하나둘이 아니라는 사실이 어느 순간 상당히 비정상적으로 다가왔다. 이는 똑같은 한자를 쓴다고 해서 유사성이 많구나, 식민지 시대에 들어왔으니까 그렇겠지, 하며 넘어갈 수 있는 문제가 아니었다.

왜냐하면 내가 의문을 품은 여러 단어들은 1800년대 말기에 인공적으로 만들어진 역사가 있었기 때문이다. 그리고 정치, 경제, 사회, 문화 각 분야에 걸쳐 이 말들은 완전히 한국화한 역사를 갖고 있다. '정치, 경제, 사회, 문화'라는 단어도 전부 '만들어진' 말이다. 안타깝게도 이 말들은 당시의 조선인 혹은 한국인의 손으로 만들어진 말이 아니다. 한국어 문장을 다루는 사람으로서 그 사실을 처음 알았을 때, 나는 시쳇말로 '멘탈 붕괴' 상태 비슷한 것을 겪었으며 아직도 헤어 나오지 못하고 있다.

일을 하다 보니 '어원'에 대한 문장을 읽는 경우가

많았다. 이 단어의 그리스어 어원은 이러하고, 라틴어 어원은 저러하다는 식의 문장이다. 어원을 밝히는 작업은 인류가 최초로 어떤 현상을 인지했을 때 이를 어떤 식으로 파악했고, 현재와 어떤 공통점 혹은 차이점이 있는지, 공통점이 있다면 이를 어떤 식으로 재구성해왔는지를 밝히는 작업이므로 중요한 의미가 있다. 한마디로 과거에는 어떤 현상을 어떤 식으로 파악하고 개념화했는지, 그것이 지금도 유효한지를 살펴보는 작업이다. 그런데 보통 그리스어와 라틴어, 그리고 한국어 사이에 언어 하나가 더 들어가야 함을 많은 이들이 모르거나 일부러 외면하는 듯하다.

'철학哲學'이라는 단어를 보자. 철학이 지知에 대한 사랑을 뜻하는 그리스어 '필로소피아'에서 왔다는 설명은 어렵지 않게 찾아볼 수 있다. 그런데 이 '필로소피아'를 '철학'으로 번역한 사람이 누구이며, 왜 철학이라고 번역했는가, 그리고—이게 가장 중요할 수도 있는데—왜 한국에서 철학이라는 말을 별다른 의심 없이 철학이라고 받아들였는가에 관해 쉽게 접근해 찾아볼 수 있는 자료가 거의 없다. '필로소피아'가 어떻게 '철학'이 되었는지를 추적하려면 현재로서는 학술 논문 제공 사이트에 가

입해서 논문을 뒤지는 게 가장 빠른 방법이다. 그런데 이 문제를 다루는 논문조차 몇 편 안 된다는 사실을 발견하게 된다. 한국에서 '철학이라는 말의 기원'을 찾아볼 수 있는 대중적인 자료가 없다는 뜻이다. '철학'이라는 말에서 느껴지는 무게만큼이나, 이 말을 만든 사람이나 만든 과정을 찾으려면 '남의 나라 말로 된 문헌'을 뒤지는 게 빠르다는 사실에서 느끼는 공허감은 굉장히 컸다. 누가 만들었는지, 어떻게 수용되었는지 알고 싶지만 쉽게 접근할 수 있는 자료가 없다. 일본어를 읽을 수 있으니 인터넷에 공개된 논문이나 해외 서적을 읽어서 의문을 풀수야 있겠지만, 이런 의문이 왜 사회적으로 의미를 갖지 못하는지, 내가 지금 사용하는, 한국어이되 실은 한국어가 아니었던 '한국어'의 역사적 의미는 무엇인지 계속해서 의문을 품을 수밖에 없었고 지금까지도 그렇다.

　'철학'이라는 말을 100여 년 전쯤, 소위 근대화 과정에서 만든 사람이 있고 그때부터 본격적으로 이 학문 안에 존재하는 수많은 개념이 만들어졌다면, 그 개념들 또한 '여기서' 만든 것이 아니라는 뜻이다. 나는 이 사실을 깨달았을 때 엄청난 충격을 받았다. 당연히 내 것인 줄만 알았던 것이 '만든 사람'이 따로 있어서 온전히 '내 것'이라고 말하기가 참으로 어려운 심정이었다. 엄밀한 의미에서 '저작권'을 주장할 수 없는 상황이 아닌가? 게다가 이 사회에서는 오랫동안 '일제의 잔재'를 없애려고 노력해왔다. 그중에는 '일어 순화'라는 용어에서 볼 수 있듯이 늘 말이 포함되어 있었다. 바꿀 수 있는 말을 바꾸어 쓰려는 노력을 폄하하려는 것이 아니다. 내가 지적하고 싶은 것은 '바꿀 수 없다고 생각되는 말은 외면해버리는' 이중 잣대다.

철학은 일본에서 만든 말이다. 정치도 경제도 과학도 대통령도 국회의원도 헌법도 다 일본에서 만든 말이다. 똑같은 일본 출신 말인데 왜 어떤 말은 배제하고 어떤 말은 한국어의 울타리 안에 포함시키는가. 평생을 귀에 못이 박이도록 '일어 순화'라는 말을 듣고 산 나로서는 이해되지도 용납되지도 않는 논리였다. 똑같은 일본어인데 쫓아내도 좋은 말이 있고 쫓아내면 안 되는 말이 있다는 것은 논리적으로 말이 되지 않는다. 그렇다면 이런 가정을 해볼 수 있다. 만약 이 말들을 한국어의 울타리 밖으로 쫓아내려 할 때, 상당히 곤란한 사태가 벌어지는 게 아닐까? 그 '곤란한 사태'에 대한 내 나름의 생각을 조금 적어보고 싶다.

일본에서 들어온 말을 대하는 이중 잣대

이중 잣대 때문에 일어나는 아이러니를 명확하게 보여주는 책이 있다. 1989년에 발간되면서 많은 이들에게 영향을 미친 이오덕의 『우리글 바로쓰기』 시리즈다. 이 시리즈는 나처럼 일본어와 한국어를 오가며 작업하는 사람이 지금도 주의를 기울여야 할 여러 사항을 제시한 좋은 책이다. 이 책은 기본적으로 1980년대 말까지 그동안 무심코 일상에서 사용하던 수많은 단어, 어투 들이 "우리 말이 되어서는 안 되는 (일본) 말"[28]이었다는 충격을 주었다. 그러나 이오덕이 책 첫머리에서 제시한 기준 자체가 큰 모순을 품고 있다. 그는 "한글로 썼을 때 그 뜻을 알 수 없거나 알기 힘드는 (한자) 말" "입으로 말했을 때 그 뜻을 알아듣기 힘드는 한자 말"을 몰아내고 '더 친숙하게 쓸 수 있는 우리 말'을 찾아 쓰자고 제안한다.[29] 이 가운데에는 지금의 '매매'처럼 그가 '사고팔기'로 고치자고 제안했지만 아직도 널리 쓰이는 말이 있고, '제(諸: '모든'이라는 뜻이다. 『우리글 바로쓰기』1에서 제시한 용례는 '제 사건')'와 같이 이제는 거의 사용하지 않으며, 그 대신 이오덕이 제시한 용례가 정착된 경우도 있다.

'철학'이라는 말만 듣고 '밝을 철' 자와 '배울 학' 자를 합친 이 말이 왜 'philosophy'의 번역어인가를 곧장 생각할 수 있는가? '경제' 또한 모르는 사람이 없는 말이지만, '지날 경'에 '건널 제'를 더하면 어떻게 'economy'가 되는지를 심각하게 생각한 사람이 몇이나 있을까? 한자 하나하나를 뜯어보았을 때, 이들을 합하면 왜 이것이 서양의 그 단어에 대응하는지 쉽게 알 수 없다. 이것이 "한글로 썼을 때 그 뜻을 알 수 없거나 알기 힘드는 (한자) 말" "입으로 말했을 때 그 뜻을 알아듣기 힘드는 한자말"과 과연 다르다고 할 수 있을까? 마치 전래된 고유어처럼 쓰이고 있다고는 하나 한자 조합을 보면 수수께끼 같다고 생각되는 말이 한두 개가 아니다.

이오덕의 책에서 대부분의 경우 이 수수께끼는 외면된다. 그가 생각하기에 '정치' '경제' '사회' '대통령' 등처럼 '한국어'로 완전히 정착된 말과, '일본에서 들어온 게 분명하고 한국어가 아니었는데 한국어인 척하는 말'

은 자의적으로 분류되어 있다. 그렇기에 다음과 같은 문장을 아무런 모순 없이 쓸 수 있게 된다.

> 우리 말을 살린다는 것은 바로 우리 말을 민주로 한다는 것이고, 우리 말을 민주로 한다는 것은 우리 사회를 민주로 만든다는 것이다.[30]

'민주'와 '사회'는 조선 혹은 한국에서 만든 말이 아니다. '민주'는 19세기 말 중국에서, '사회'는 일본에서 번역하여 만들었다. '대신할 수 있는 말'을 찾기가 어려워서였는지 모르겠으나, 이 말들은 남의 말이면서도 그 자신이 한국어로 생각하여 쓰고 있고, '매매'와 같은 말은 내쳐져야 하는 말로 분류된다. 이 자의적 분류는『우리글 바로쓰기』가 출간된 당시, 그 이전인 식민지 시대, 그리고 지금까지도 통용되는 상식적인 기준이다. 그러니 자의적인 분류라고 해서 엄밀성을 놓쳤다고 비판하고 싶은 생각은 없다.

'자의성'에 대해서 이오덕 스스로 아주 무감각한 것도 아니었다.『우리글 바로쓰기』1과『우리글 바로쓰기』2, 두 권의 책 가운데에는 단 몇 문장에 지나지 않지만 위에서 말한 '수수께끼를 외면한 이유'에 대한 힌트가 나온다. 이 힌트야말로 이 노작과 현재의 한국어가 왜 '일본에서 들어온 말'에 대해 이중 잣대를 설정할 수밖에 없었는지를 보여주는 좋은 예라고 생각한다.

『우리글 바로쓰기』1, 169쪽(1989년판)에는 "법률상으로 어쩔 수 없이 쓰는 경우가 아니면" "또 법률에서 쓰는 말도 이제는 우리 말로 바로잡아야 할 것이다."라는 언급이 있다. 여기서 주목해야 하는 부분은 "법률상" 그리고 "어쩔 수 없이 쓰는 경우"이다. 생각해보자. 나라의 근간을 형성하는 법률 용어와 문장이 대개 일본어에서 왔다. '일본 용어/일본어투를 몰아낼 필요성'을 '국가 대사' 차원에서 따지자면 이보다 더 중요한 용어와 문장이 있을까? 가장 중요한 부분부터 개혁해야 할 필요가 있지 않을까? 문제는 법조문처럼 국가적으로 중요한 '단어/문장'은 원래 만들기도 어렵고 고치기도 어렵다는 점이다. '법안 발의'와 '법안 통과' '법안 폐기'는 결코 만만한 과정이 아니기 때문이다. 예를 들어 '헌법'이 일본에서 들어온 말이니 이제는 '우리말'로 고쳐보자는 움직임이 있다고 하자. '헌법'이라는 말은 대한제국 시절부터 100년이 넘게 사용되어왔다, 왜 고쳐야 하는가, 어떤 말로 고쳐야 하는가, 이에 대한 논의부터 시작해 오랜 시간과 노력을 들여 국민의 공감대를 거치면서 바꾸지 않았다가는 법을 집행하는 현장의 담당자들은 물론이고 온 국민에게 큰 혼란이 일어날 수 있다. 단순히 용어 하나를 바꾸는 게 아니고 그 용어에 담긴 체제의 역사 혹은 그 체제 자체를 '다르게' 인식하게 하는 크나큰 작업일 수 있기 때문이다. 그렇기에 이오덕 자신도 인정했듯이 '법률상으로 어쩔 수 없이 쓰는 경우'라며 넘어갔을 것이다.

정치, 경제, 사회, 문화라는 분류 아래에 속하는 작은 개념들 중 핵심적인, 즉 누구나 아는 용어 가운데 '어쩔 수 없는' 말이 정말 많다. 아침에 일어나 잠들기 전까지 읽은 글 가운데 '어쩔 수 없는' 말이 얼마나 많은지 떠올리면 아찔하다. 당장 나 자신의 직업 때문에 매우 친숙한 단어들이 그렇다. 서점, 출판, 번역, 편집, 단행본, 저서, 필자, 원고, 활자, 교정, 판형, 제본, 문고……. 이런 말들을 당장 고치거나 바꿀 수 없다는 것은 잘 안다. 그러나 어쩔 수 없기에 오히려 더 막막하게 느껴진다.

'어쩔 수 없는' 역사의 한 단면에 대하여

'어쩔 수 없다'라는 측면을 조금 더 생각해보고 싶다. 출판사를 옮겨 가며 2020년까지 한국에서 세 번이나 출간된 야나부 아키라의 『번역어 성립 사정』[3](여기서는 초판 제목인 이 제목을 사용하겠다.)에는 '카세트 효과'라는 말이 나온다. '카세트'란 뭐가 들어 있는지 궁금하게 만들어서 사람들을 애태우는 존재다.

  야나부 아키라는 일본에서 한자가 카세트 효과를 얻었다고 말한다. 뭔지 모르겠지만 중요한 의미가 있는 것 같은 이미지를 한자가 갖고 있었다는 뜻이다. 여기에는 한자가 일본 고유의 문자가 아니며 '수입'된 것이라는 명확한 자각이 있다. 수많은 말을 만들어야 했던 일본 근대에 '한자로 표현된 글'에 익숙한 계층과 그렇지 않았던 계층을 대략적이나마 나누어서 보아야 한다는 뜻으로도 읽을 수 있다. 『번역어 성립 사정』과 같은 책을 읽으면 일본에서 '개인' '사회' '미美' 같은 한자로 이루어진 번역어들이 어떤 과정을 거쳐서 '카세트 효과'를 갖는지 알 수 있다. 저자는 지금도 이 효과가 영향을 미친다고 본다. 원래 일본 말이 아니었고, 한문에 익숙한 엘리트 계층이 번역하여 만든 '신조어'였기에 결코 당시의 '자연스러운 일본어'로는 담을 수 없는 무엇이 아직 잔존하기 때문이다. 원어인 외국어가 무슨 뜻인지 몰라 사람들을 애태우게 만드는 현상을 '카세트 1'로 본다면, 이를 번역한 한자어가 사람들을 알쏭달쏭하게 만드는 것은 '카세트 1'이 들어 있는 '카세트 2'로 볼 수 있다. 이러한 '이중 카세트' 역할을 위의 번역어들이 담당하고 있다고 보아도 무리는 아니다.

일본에서 만들어진 번역어의 위상은 '무슨 뜻인지 정확하게 알 수는 없지만 뭔가 있는 말', 그리하여 사람들이 익히고 활용하면서 존중받는 말이었다고 해도 과언이 아니다. 자국에서 만들어서인지 몰라도 일본에서는 번역어를 어떻게, 왜 만들었는지에 대해 지금도 연구하고 있다. 하지만 일본이 만든 번역어를 조선에서 한자를 읽었던 식으로 음독하여 받아들인 한국에서는 '어떻게 만들었는가' '왜 만들었는가' 그리고 '왜 받아들였는가'

를 되짚기가 쉽지 않다.

공식적인 차원에서 국가가 받아들인 일본어에 대해 고찰할 수 있는 한 연구를 보자. 흔히 '구한말'이라고 하는 대한제국 시기에 정부 소식을 알리는 신문 역할을 했던 '대한제국 관보'에 들어온 일본 말에는 어떤 것들이 있는지를 다룬 연구다. 김지연의 『대한제국 관보의 일본어 어휘 수용 연구』[32]를 보면 당시 대한제국 관보는 "국가의 각종 법령이나 예산, 새로운 정부 조치의 발표, 관리의 서임 및 사령, 외국과의 조약 사항, 각종 관청의 조치를 고시하므로 당시 중앙 관청이 하급 관청과 일반인들에게 하달하던 어휘"[33] 가운데 어떤 일본어가 들어왔는지를 살펴볼 수 있다. 대한제국 관보는 1894년부터 1910년까지 16년 2개월에 걸쳐 발행되었는데, 여기서 찾아낸 일본어 어휘는 1967개, 거의 2000개에 육박한다. 또 한국 최초의 근대적 신문으로 알려진 《한성순보》와 《한성주보》에도 600개가 넘는 일본어 어휘가 들어왔다고 한다.[34] '이것도 일본에서 들어온 단어인가' 싶은 단어들도 꽤 있다. 반도半島? 민족? 시대? 국민? 식민지? 독립? 보수? 혁신? 서민? 여자? 청년? 천재? 가족? 생활? 방법? 우연? 중심? 한국에서 현재 일상적으로 쓰는 말들 가운데 생각지도 못했던 어휘들이 일본에서 들어왔다는 사실은 일본어를 공부하는 나에게도 충격을 안겼다. 저자는 『대한제국 관보에 수용된 일본어 어휘의 편제별 분류』라는 책을 따로 내어 당시의 관보에 수용된 일본어 어휘만을 살펴볼 수 있게 했는데, 보면 볼수록 이 어휘들을 어떻게 생각하면 좋을지 고민이 깊어진다. 저자에 따르면 한·중·일 학자들이 일본이 근대에 만들어서 한국과 중국에 유입되었다고 보는 말이 1만 953개인데,[35] 이중 10퍼센트에 가까운 용어가 16년 2개월에 걸쳐 '국가가 공식적으로 사용하는 어휘'가 되었다는 뜻이기 때문이다.

김지연의 연구는 어떤 용어들이 유입되었는지를 살펴보고 정리하는 기초적인 연구이므로 이 어휘들을 받아들인 이유는 거의 설명하지 않는다. 단, 그때까지 지배계층의 글이던 순한문체를 버리고 국한문혼용체를 사용하기 시작하면서 새로운 어휘와 문장을 고민하기 시작했다는 점에 주목하고, "(한문에 아무리 능숙해도) 제대로 이해하지 못하는 (일본) 한자어(각본, 감염, 강령, 공중, 과학, 사회, 일당 등—대괄호는 모두 인용자가 추가한 것)를 받아들인 이유는 일본의 법령이나 제도 등을 가져와서 이를 한국에 적용시키고 또 이것을 우리말로 옮기는 과정에서 자연스럽게 생긴 문제"가 아니겠느냐는 추측만을 제시한다.[36] 그러나 그 '문제'란 '우리말로 옮기는 과정'의 문제라고 결코 단순하게 넘어갈 수 있는 것이 아니다. (당시의 '우리말'을 어떤 식으로 정의해야 하는지부터 살펴봐야겠지만, 여기서 다룰 수 있는 범위를 넘어서므로 지금과 다른 어떤 '우리말〔조선어〕이 존재했다'는 정도로만 짚고 넘어가고자 한다.)

'조보朝報'가 '관보'로 탈바꿈하는 과정을 보자. 조보란 쉽게 말해 '조정 소식'이다. 근대적 형태의 관용 신문인 관보 이전에 조정의 소식을 관리들에게 알리는 조보가 있었다. 그런데 국가 정치의 정점에 임금(또는 황제)이 있고, 그 아래에 관리들이 있는 조직을 왜 '조정'이라고 하면 안 되고, '정부'라고 고쳐야 했을까? 논리적으로 조정이라고 하든 정부라고 하든 상관이 없어 보인다. 그런데 '근대적인' 것을 받아들이겠다고 결심한 순간, '영의정'과 '판서' 등은 없어지고 그 자리에 '총리'와 '대신'이 생겨났다. 관리들이 있고 그 정점에 황제가 있는 조직이 정부가 되었다. 조정이 없어졌으니 조보도 사라지고 그 자리를 일본에서 들어온 말인 관보가 차지한다. 근대화란 몇백 년 동안 사용해오던 나라의 중요한 용어들을 순

식간에 없애고 새로운 용어로 그 자리를 대신하는 과정이기도 했던 것이다. 새로운 용어가 들어오는 과정은 매우 급속하고 파괴적이었기에 당시 용어를 수입한 지배 계층이 어떤 생각을 했는지 지금으로서는 쉽게 알 수 없다. 다만, 야나부 아키라가 이야기한 '카세트 효과'가 손 쓸 틈도 없이 한 국가를 완전히 뒤덮은 것만은 분명하며, 각종 제도 및 법률 용어에 이어 일상 용어에 이르기까지 여전히 지대한 영향을 미치고 있다.

왜 그렇게 급하게 번역어를 받아들여야 했는지 성찰하는 연구는 이제 시작 단계라고 볼 수 있으나, 현실에서는 바꿀 수 있는 것들은 바꾸자는 움직임이 계속 있었다. 이제는 '다듬기'라는 말이 대신하는 '순화'를 대표적으로 들 수 있지만, 이오덕의 저작과 같은 책도 여럿 있었고, 법률 용어나 행정 용어를 정비하자는 움직임은 오래전부터 있었다. 심지어 최근에는 과학 용어를 고치자는 논의도 있다.[37]

그런데 일본에서 들어온 말 가운데 가장 강고하며 고치자는 어떤 사회적인 움직임도 거의 보이지 않는 말들이 바로 인문사회계 학술 용어 같다. 이 말 가운데 일부는 소위 개화가 시작되면서 들어왔다. 『대한제국 관보에 수용된 일본어 어휘의 편제별 분류』에는 다음과 같은 용어들이 등장한다.

사고, 사상, 관념, 인식, 비평, 토론, 문예, 논리, 공화, 문학, 주의, 과학, 명제, 의미, 진보

대체로 추상적인 개념어이며 사전적 정의를 살펴보아도 무엇을 뜻하는지 이해하기가 어려운 말들도 많다. 고치려 해도 어떤 방식으로 접근해야 할지 도무지 감을 잡을 수 없는 말들이 대부분이다.

나는 고칠 수 없다는 결론이 나더라도 거기서 끝내고 싶지 않았다. 말이 들어온 역사가 있고, 그 말들이 대체로 만들어진 것이라는 사실도 알았다. 그렇다면 누가 만들었고, 왜 만들었는지, 어떻게 해서 만들었는지 알아보는 것이 개인적으로 중요한 과제가 되었다.

'귀납'과 '연역'이라는 말을 만든 사람을 만나다

『번역어 성립 사정』이나, 그보다 먼저 번역 출간된 『번역과 일본의 근대』[38] 같은 책도 인문사회계 학술 용어가 어떻게 일본에서 번역되고 정착되었는지에 대한 힌트를 제공한다. 그러나 이 책들은 개별 용어가 성립되기까지의 단편적인 과정을 보여주거나(『번역어 성립 사정』), 두 대가가 근대에 이루어진 일본의 번역을 두고 나누는 자유로운 대담(『번역과 일본의 근대』)이어서 정확한 배경지식이 없으면 책 내용을 이해하기가 쉽지 않다. 그러므로 두 책 다 '인문사회계 용어의 출발점'을 조망하기에 미흡한 점이 있다.

일본이 근대에 어떤 용어들을 어떻게 만들었는지를 다룬 문헌은 일본에서만 7000편이 넘는다고 한다.[39] 전문 연구자가 살펴보기에도 버거운 편수이고, 더군다나 일반 독자에게는 엄두가 안 나는 일이다. 그러나 '일본이 근대

초기에 서양 학문을 어떻게 인식하고 오늘날과 같은 편제를 만들었는가'에 대해 감을 잡게 해주는 책은 찾을 수 있다. 그중 하나가 사전 전문 출판사인 산세이도의 홈페이지에 연재되어 인기를 얻었고 나중에 단행본으로 출판된 일반교양서 『「백학연환」을 읽다「百學連環」を読む』(야마모토 다카미쓰 저, 한국어판 미출간)라는 책이다. 저자는 첫머리에서 이렇게 말한다.

어쨌든 우리는 철이 들기 시작했을 무렵부터 학술이 여러 가지 영역으로 나뉜 상태를 당연하게 여기며 살아왔습니다. 또 학술이 진보함에 따라 세분화되면서 전문화가 이루어질 필요가 있었습니다. 여기서 문제는 언제부터인지 그런 학술 전체를 조망하려는 시도가 사라지고 세분화된 영역들의 상호 관계는 어떠한지, 학술의 전체상은 어떤 모습인지 그다지 돌아보지 않게 되었다는 것입니다. 그러나 이는 학술에만 그치는 문제가 아닙니다.[40]

『「백학연환」을 읽다』는 일본에서 처음으로 서양 학술 전체를 조망하려는 시도가 어떠했는지를 살펴보는, 그것도 질릴 만큼 꼼꼼하게 살펴보는 책이다. 이 책은

「백학연환 제1 총론 古百學連環 第一 總論 稿」(1870~71년경, 이하 「백학연환」으로 줄임)라는 단행본 20쪽 남짓한 문헌을 무려 430쪽이 넘는 분량으로 독해한다. 당시 참고했을 법한 각종 사전 및 문헌에서 「백학연환」에 나오는 모든 용어와 표현을 거의 모두 찾아내 이것들이 어디에서 비롯했는지, 왜 썼는지 정밀하게 되짚고 있어, 학술 용어의 기원을 알고 싶어 하는 나 같은 사람에게 아주 좋은 참고가 되는 책이다.

'백학연환'은 요즘으로 말하면 'encyclopedia', 즉 백과사전에 가까운데, 직역하면 '여러 학문 사이의 연관성'이라고 번역할 수 있다. 「백학연환」은 서양에 먼저 유학하고 돌아온 스승이 '서양에 가본 적이 없으며 서양 학문이 뭔지 아직 모르는 일본의 제자들'에게 서양에는 어떤 학문이 있는지 설명해나가는 흥미진진한 강의록이다. 내가 『「백학연환」을 읽다』에 주목한 이유는 바로 「백학연환」의 저자 니시 아마네(西周, 1829~1897)가 '철학'이라는 말을 만든 사람이기 때문이다.

「백학연환」에는 아직 '철학'이라는 학문이 등장하지 않지만 서양에서 말하는 '학'이라는 것이 무엇인지부터 시작해서 개별 학문인 문학·정치학·천문학 등이 정착되기 이전 '초기 이름'을 살펴볼 수 있다. 당시 일본의 지배 계급인 사족士族들은 유학 지식을 반드시 갖추어야 했기에 이를 바탕으로 서양의 학문을 이해하거나 설명하는 장면들이 나온다. 이 과정에서 19세기 말 일본에서 쓰인 한자 어휘와 새로 만든 어휘가 등장하는데, 당시에는 많이 사용했으나 지금은 사용되지 않고 오히려 현재 한국인에게 익숙한 어휘들이 나온다. 19세기 말과 21세기 일본어와 한국어 어휘를 비교하기에도 좋은 문헌이다.

그보다 재미있는 것은 일본에서 만들어진 근대적 학술 용어에 어떤 것들이 있었으며, 이를 어떻게 설명하는지를 살피는 일이다. 나는 이 문헌에서 '귀납'과 '연역'도 니시 아마네가 만든 말이라는 사실을 알고 놀랐는데, 더 놀라운 것은 그가 이 말을 설명하는 방식이었다.

여기에 신치지학(新致知學: 신논리학. 아래 문단 참조―옮긴이)이라는 하나의 방법〔法〕이 있다.

원래는 A Method of the New Logic이라 하여 영국의 John Stuart Mill이라는 사람이 발명했다. 그가 쓴 『System of Logic』이라는 서적은 상당한 대저다. 이를 가지고 학역을 크게 개혁改革하고 마침내 번성하게 하는 데 이르렀다. 그 개혁의 방법이 무엇인가 하면 induction이다. 이 귀납의 방법〔歸納の法〕을 알려면 그 이전에 deduction이라는 것을 알아야 한다. 연역演繹이란 글자의 뜻을 보면, '연'은 '늘리다', '역'은 '실 뭉치 끝에서 실을 뽑아내다'라는 뜻으로, 무언가 겹치는 부분이 있어 거기서 뽑아낸 것이 여러 가지로 다양하게 미침을 말한다. 이를 고양이가 쥐를 먹을 때에 비유해보자. 고양이가 쥐를 먹을 때는 먼저 가장 중요한 머리부터 시작하여 차츰 몸통, 네 발, 꼬리에 이른다. 옛 성현의 학에서도 공자는 인지仁智라 하였고 맹자는 성선性善을 말했다. 공자의 말은 더 나아가 논하기가 어려우나 맹자는 '필칭요순(必稱堯舜: 반드시 성군이었던 요임금과 순임금을 예로 들다.—옮긴이)'과 성선을 말했다. 인지를 말하든 성선을 말하든 모두 중요함을 가리키는 기호(記號: 『「백학연환」을 읽다』에 따르면 니시 아마네는 이를 의지, 기반, 근거 등의 뜻으로 사용한 듯 보인다.—옮긴이)로서 여기서 수많은 도리를 이끌어낸다. 고래로 유학자는 이理를 이치〔理〕로 삼았고, 경서를 배우는 자는 경서를 중요시했으며, 역사를 배우는 자는 역사를 중요시했다. 이들은 모두 그가 중요하다고 생각하는 바에서 다양한 도리를 이끌어냈다. 이것이 곧 고양이가

쥐를 먹는 연역의 방법〔演繹の法〕이다.

(……) induction, 즉 귀납의 방법〔歸納の法〕은 연역의 방법과 반대로서 이를 사람이 반찬을 먹을 때에 비유해보겠다. 사람이 반찬을 먹을 때는 가장 맛있는 부분을 조금씩 먹고, 마지막에는 먹을 수 있는 부분을 전부 먹는다. 이와 같이 진리도 작은 부분에서 시작하여 그 전체를 알고자 할 때 밖에서 안으로 모으는 것이다. 이 귀납의 방법을 알려면 only truth인 하나밖에 없는 진리〔眞理無二〕라는 것을 알아야만 한다. 무릇 우주宇宙의 도리란 하나뿐이다. 여기서 벗어나는 것은 곧 가짜다. 비유하자면 세 사람이 저마다 한 마리의 새를 보고 어떤 이는 왜가리라고 하고, 어떤 이는 매라고 하고, 어떤 이는 까마귀라고 한다. 까마귀를 까마귀라고 말하는 것이 즉 진리로서, 이를 왜가리라고 한다거나 매라고 하는 것은 전부 가짜다. 까마귀가 어디에 있든 간에, 수백만 마리가 있든 간에 까마귀는 까마귀, 왜가리는 왜가리, 매는 매다. 불은 어디에 있어도 뜨거우며 물은 어디에 있어도 차갑다. 이것이 곧 진리는 하나라는 뜻이며, 이 진리를 귀납의 방법에 따라 모아서 불이 뜨거운 것은 불의 진리, 차가운 것은 물의 진리라는 식으로 같은 종류

를 보고서 알 수 있는 것이다.

'귀납'과 '연역'은 고등학생 정도면 들어본 말이다. 하지만 이 말이 무엇의 번역어이며, 처음 번역될 무렵에 어떤 식으로 단어의 뜻을 설명했는지에 대해서는 거의 듣지 못했을 것이다. 니시 아마네는 서양에서 '진리를 발견하는 방법'에 대해 제자들에게 설명하기 위해 '고양이가 쥐를 먹는 법'과 '사람이 반찬을 먹는 법'이라는 비유를 꺼내 든다. 제자들의 지식수준이 어느 정도였는지 알기는 어렵지만,「백학연환」에 공자와 맹자 같은 '유교 성현'에 대한 이야기가 자주 나오는 것으로 보아 유교 경전의 내용이나 한자어만 가지고 설명했어도 큰 무리가 따르지는 않았으리라 짐작한다. 하지만 더 쉬운 비유를 들어 설명한다. 심지어 그림을 그려서 설명하기도 한다. 어떤 서양 개념을 일본 사정에 맞게 번역하는 작업도 중요하지만, 그보다 내 눈길을 끌었던 건 이를 최대한 알아들을 수 있게 설명하려고 했던 노력이다. 일본 근대 초기의 계몽사상가이며 니시 아마네보다 한국에 훨씬 잘 알려진 후쿠자와 유키치 또한 비유로 설명하기의 명수였다.

굳이 따지자면 나는 어떤 개념의 번역보다 그 개념

을 설명하려는 노력이 훨씬 중요하다고 생각한다. 새로운 말에는 만드는 사람의 자의성이 포함되어 있기 때문이다. 그 자의성을 보편성으로 만드는 게 이를 설명하려는 노력이라고 믿는다. 현재 한국 인문사회계 학술 용어의 현황은 이 '자의성'의 역사성에 대한 성찰이 부족할 뿐만 아니라, 이를 더 보편적인 것으로 인정받게 하려는 노력도 부족하다. 현상적으로 남아 있는 것은 '이것이 보편적인 학술 용어다'라는 인식뿐이다. 이래도 괜찮은지, 학술 용어의 기원에 관심이 있는 사람으로서 늘 걱정이 앞선다. 이 말들은 정말로 한국어인가? 한국어라면 어떤 논리와 근거로 한국어임을 증명할 수 있는가? 음독하여 들여오는 것도 번역이라면 번역 가운데 어느 정도의 위상을 차지하는 번역인가? 음독하여 들여오는 번역을 인정한다면 이는 중역인가, 아닌가?

콤플렉스 없는 세대의 일본어를 위하여

앞에서 제기한 문제들은 우리가 사용하는 여러 인문사회계 학술 용어에 대해서 생각해볼 문제를 제시한다. 그중 번역자로서 가장 신경 쓰이는 문제가 바로 '중역'이다.

중역은 오늘날 별로 좋은 평가를 받지 못하는 번역 방식이다. 되도록이면 원어에서 한국어로 직접 번역하는 것을 선호하며, 해당 외국어를 전공한 번역자를 잘 찾지 못했을 경우 부득이하게 선택하는 방식이 중역이다. 왜 중역이 선호되지 않을까? 첫째는 역사적 배경에서 답을 찾을 수 있다. 1998년 이전에 나온 세계문학 전집을 비롯한 다수의 번역서가 거의 일본어 중역에 의존했다는 이유 때문이다. 왜 1998년을 기점으로 삼는가 하면 이때 중역에 의존하지 않고 '원어 직접 번역'을 원칙으로 삼으면서 시장의 판도를 바꾼 새로운 세계문학 전집이 출현했기 때문이다. 물론 그 이전에도 원어에서 직접 번역한 책들이 있었겠지만 이런 시도가 보편화되고 시장에서도 받아들여진 것이 바로 1998년 즈음이라고 봐도 무리가 없다. 예를 들어 이탈리아어면 이탈리아어를 공부한 전문가가, 네덜란드어라면 네덜란드어를 공부한 전문가가 책을 번역해야 한다는 보편적인 인식이 정착한 것이다. 각 언어 전문가가 있는데 왜 중역에 의지해야 하는가? 이는 학문 역량의 축적에 따른 자연스러운 인식 변화라고 볼 수 있다.

이러한 시선을 인문사회계 학술 용어 쪽으로 옮기면 매우 고통스럽고 가혹한 질문을 마주하게 된다. '원어에서 직접 번역하지 않고 어떤 언어로 번역된 것을 매개로 다시 번역함을 중역이라 한다'는 원칙을 세우고 이 원칙을 곧이곧대로 적용했을 때, 실제로 중역이 아니라고 할 만한 학술 용어가 매우 드물다. 당장 '학술'이라는 말부터가 문제다. 이 말은 「백학연환」에서 볼 수 있듯이 일본에서 만들어졌고 그대로 받아들여졌다. 이런 용어가 '중역'이 아니라고 단언할 수 있을까? 아니라고 대답한다면 이 용어가 어떻게 한국어가 되었는지 이제 역사를 좀 더 객관적으로 파악할 필요가 있다. 용어가 유입된 시기, 입된 배경, 그리고 정착하기까지의 과정을 학술적으로 정립하지 않는다면 언제고 '중역' 문제가 다시 고개를 내밀지 모른다.

이 문제를 짚고 넘어가는 것이야말로 오랫동안 여러 외국어 서적을 '중역'에 의지해온 역사의 콤플렉스에서 벗어날 수 있는 단초가 된다. 해방 이후 대학에서 교편을 잡은 내 스승님들의 스승님뻘 되는 많은 분이 일본에서 공부했다는 사실을 한편으로는 인정받고 한편으로는 외면하고 감추어야 했다. 이제는 이중 구속과 같은 상황에 놓여 있지 않은 세대들이 존재한다. 이 세대들이 나처럼 '한국어인 줄 알았는데 그렇다고 단언하기 힘든 말들'의 역사와 맞닥뜨렸을 때, 학계에서는 어떤 식으로 답을 내놓을까?

나는 '박물관'이 언제 이 땅에 들어온 말인지 안다. 박물관이라는 어휘는 1883~1888년, 《한성순보》와 《한성주보》를 통해 유입되었다.[41] 이 말이 언제, 어디서 들어왔는지 몰라도 사용하는 데는 아무 지장이 없다. 나는 그 사실을 잘 안다. 그리고 그 사실에 기대어 일을 한다. 하지만 박물관이라는 단어가 언제, 어디서 들어왔는지 알게 된 이상, 이 말은 내게 영원히 낯선 말이며 남의 말이다. '원어 직접 번역, 중역 배제'라는 기준을 요구받는 한 사람의 번역자로서, 나는 '원어 직접 번역'이라는 원칙을 거치지 않는 말들을 진정한 '내 것, 우리 말'로 받아들일 준비가 아직 안 되었다. 그 대신 (일본의) 누가 번역했는지, 언제 번역했는지, (한국에는) 언제 들어왔는지, 누가 들여왔는지, 왜 들여왔는지와 같은 거대한 물음을 던져야 하는 처지에 놓여 있다. 의문만 갖는다고 문제가 해결되지도 않고 혼자 해결하겠다고 나설 수 있는 문제도 아니지만, 끊임없이 의문을 가질 수밖에 없는 건 내가 말을 다루는 사람이기 때문이다. 편집자이자 번역자로서, 그리고 공부에 발을 담가본 사람으로서 정확한 개념 사용이 얼마나 중요한지 잘 알기 때문이다. '개념'이라는 말 자체도 니시 아마네가 만든 말이라는 사실[42]을 알지도 못하면서 쓰고 싶지는 않다. 어떤 말들이 한국에서 만들어지지 않았다는 사실을 뻔히 알면서도 모른 척할 수는 없다. 끊임없이 의문을 갖고 기원을 찾아나가는 노력이 콤플렉스를 극복하는 방법이 되리라고 믿는다. 이 의문을 조금이라도 해결해줄 좋은 연구 결과를 많이 볼 수 있기를 바란다.

4장

만나지 못한 '스승들'에게 배우다

구조주의의 여러 조류가 일본에 무서운
기세로 유입된 것은 내가 불문학을 공부하던
학생 때였습니다. 나는 '최근 유행하는
사상'을 이해하기 위해 필사적으로
노력했지만 구조주의의 주요 저서들은 모두
터무니없이 난해했고 어쩔 수 없이 펼쳐
든 해설서는 어려운 개념을 그저 어려운
번역말로 바꾸어놓은 것에 불과했습니다.
당시 스무 살이던 나는 이 책들이 무엇을
말하는지 조금도 이해하지 못했습니다.

—우치다 다쓰루

스승이 되어준 입문서들: 독자를 위한 '자세'가 전부다

지금부터는 방향을 바꾸어서 못 읽은 책이 아니라 '읽은 책/읽을 수 있었던 책'에 대해 이야기하고 싶다. 나는 오랫동안 인문교양서를 잘 읽지 못한다는 사실에 좌절해왔다. 인문학에 재능이 없는 것도 사실이며, 재능이 없으니 포기하고 다른 길을 찾아보는 게 더 빨랐을지도 모르겠다. 하지만 지금과 180도 다른 길을 찾더라도 인생에는 결코 피할 수 없는 삶과 관련된 물음이 생겨나게 마련이다. 삶과 죽음 사이에서 인류가 고민해온 많은 문제는 지금 내 삶과 무관하지 않으며, 그런 인식 속에서 사는 이상 어떻게든 개인적으로 공부를 계속하며 답을 찾아가고 싶었다. 그러려면 읽을 수 없어도 읽는 길을 택할 수밖에 없다.

인문교양서 읽기와 관련하여 내가 갖고 있는 의문과 거기에서 발생하는 어려움들을 해결해가는 것은 삶에서 중요한 부분을 차지하는 내 일과도 관계가 깊다. 내가 늘 원하던 책을 만드는 데 중요한 실마리가 될 수 있겠다고 생각하기 때문이다. 공부하면 읽을 수 있고, 읽을 수 있어 자신감이 생기고, 그렇게 스승을 만나고, 일하면서 품었던 이상이 결코 이상에만 그치지 않음을 가르쳐주고, 그다음 단계로 나아가게 하는 책. 쓰고 보니 판타지 같지만 이런 선순환이 불가능하지만은 않다고 믿는다.

'잘 읽지 못하던 사람'이 갑작스럽게 '읽을 수 있게 된' 이야기를 꺼내서 당황스러운 독자들도 있겠지만, 이는 어느 날 갑자기 이루어지지 않았다. 좌충우돌하며 보낸 세월 동안 '어, 이 책을 읽을 수 있네' 하는 놀라움을 안겨준 책들이 있다. '왜 읽을 수 없는가'에서 '어떻게 읽을 수 있는가'로 물음이 바뀐 순간을 선사한 것이다. 여기서는 전환의 순간을 선사한 책들을 소개하고 그 전환이 어떻게 이루어졌는지를 살펴보겠다. 읽으려고 했지만 읽을 수 없었던 책을 어떻게 대해야 할지에 대한 큰 깨우침을 주었으며, 내 삶에도 상당한 영향을 미친 책들이다. 미리 양해를 구하자면, 나는 늘 일본 책을 찾아 읽어야 하는 번역자인 데다가, 관심사 중 하나가 '철학/사상 입문서'인 만큼 이와 관련된 일본 책만 거론한 점이다. 그

중에는 아직 번역되지 않은 책도 있다. 하지만 편집자이자 번역자로서의 경험을 걸고 누구에게나 추천하고 싶은 책을 골랐다. 그 이유도 아래에서 자세히 이야기하겠다.

어떤 책을 선택하는 이유는 무엇일까? 특히 인문교양서의 경우에는 이런 마음이 얽혀 있지 않을까? 첫째는 자신의 무지를 인정하고 그 무지를 벗어나고 싶어 하는 마음이다. 동시에 책과 필자가 '왜 내가 무지하다고 느끼는가?' '왜 무지의 상태에 이르게 되었는가?'를 (일대일 맞춤과외까지는 아니더라도) 어느 정도 이해하고 '내 상태'를 출발선으로 삼아주기를 바라는 마음이다.

책이나 글을 읽으면서 자기 글의 독자가 누구이고 그 독자를 잘 이해하지 못한다고 보이는 필자가 많았다. 글, 특히 논문을 써야 하는 사람들은 늘 평가하고 평가받는 일에 익숙하다. 그런데 그 '평가'가 자신들과 비슷한 지적 수준에 이른 사람들에 의해 이루어진다는 사실을 대체로 망각한다. 문제는 이 망각이 '자신의 무지를 인정하고 그 무지를 벗어나고 싶어 하는 마음'을 지닌 많은 사람에게 은연중에 '그렇다면 배워라, 이 정도는 알고 있어야 하는 게 아니냐! 이 정도는 당연히 따라와야 하는 게 아니냐', 하는 식의 강요로 이어진다는 사실이다. 그

때문에 '배우고 싶어 하는 사람들'이 실제로 무슨 생각을 하고 어떻게 살아가는지 알려고 하거나 고민한다는 인상을 받지 못했다.

'나는 저 사람을 이해하고 싶지만 저 사람은 나를 이해하려고 들지 않는다.' 이 말은 어떤 느낌을 주는가? 일방통행, 불통, 오만 같은 말이 떠오를 것이다. 많은 인문교양서가 고의는 아니더라도 이 길을 걷고 있다. 인문교양서는, 특히 입문서라면 책을 읽고자 하는 사람의 마음가짐도 중요하지만, 책이 그 사람을 이해하는 측면이 있어야 한다. 이해란 독자의 무지를 무조건적으로 포용해야 한다거나 사실상 불가능한 일대일 맞춤식 집필을 말하는 것이 아니다. 당신이 모른다면 왜 모르는지, 그 이유를 필자 자신도 포함하는 '보편적 경험'에서 찾으면서 짚어줄 필요가 있다는 뜻이다.

태어나면서부터 니체나 헤겔의 책을 읽는 사람은 없다. 왜 나는 '철학' 혹은 '인문'에 관심을 갖게 되었는지, 그 길에서 겪은 어려움이 무엇이고 즐거움이 무엇인지 등의 경험을, 대기업 직장인이든 고깃집 사장님이든 이제 막 대학에 합격한 학생이든 간에 다들 이해할 법한 말로 재구성하는 작업이 필요하다. 사람들이 내 글을 읽기를 바라는 만큼이나 그 사람들을 깊이 이해하고 있지 않으면, 즉 양방통행의 길을 내면에 뚫어놓고 양쪽을 자유롭게 오가지 못하면 기존의 불통과도 같은 글을 답습하게 될 뿐이다.

『튀김의 발견』이라는 재미난 과학교양서가 있다. 언론에서도 많이 다루었는데, 저자의 인터뷰에서 내 눈을 사로잡은 건 "고등학교 2학년 문과생 아들이 읽고 이해하는 정도로" 집필했다는 사실이다.[43] '고등학생도 읽을 수 있게.' 이 말은 내가 여러 필자에게 '당신의 자녀들에게 이야기하듯이' '당신의 자녀들에게 설명한다고 생각하시고'라고 수도 없이 부탁했던 말 가운데 하나였다. 필자마다 집필 성향이나 주로 쓰는 글의 성격이 다르기는 했으나, '인문' 분야에서 이 말을 실현하기가 몹시 어려웠음을 생각할 때, 『튀김의 발견』의 저자 임두원의 말이 놀랍게 다가왔다. 그리고 실제로 이를 얼마나 잘 실현하고 있는지는 책을 읽어보면 금방 알 수 있다.

'고등학생도 읽을 수 있다'는 말이 필자에게는 무엇을 의미할까? 이는 단순히 '쉽게 썼다'고 생각하고 지나갈 수 있는 말이 아니다. 대체로 고등학생들이 어떻게 생활하고, 지식수준이 어느 정도이고, 어떤 용어나 단어,

문장 수준을 구사하는지 속속들이 알고 있어야만 하기 때문이다. '고등학생도 읽을 수 있다'는 말은 '나는 고등학생들이 어떤 사람인지 잘 알고 있다'는 말과 동의어다.

우치다 다쓰루, 『푸코, 바르트, 레비스트로스, 라캉 쉽게 읽기』

나는 내 책의 독자가 누구인지 구체적으로 이해하고 있고, 거기에서부터 출발하여 (거의) 내 눈높이까지 도달하게 만든다. 이를 처음으로 절실하게 느낀 책은 우치다 다쓰루의 『푸코, 바르트, 레비스트로스, 라캉 쉽게 읽기』[44]였다. 낯간지러운 이야기를 하자면, 이 책이 나왔을 무렵, 퇴근길 직장 근처의 서점에서 구입하여 버스에 앉아 훑어보기 시작했는데 '현실 울음'이 나올 뻔했다. 이 책의 「들어가는 말」과 「나오는 말」에는 내가 수년간 정말 필자들에게 바랐지만 구체적으로 어떻게 풀어가야 좋을지 알 수 없었던 것, 그리고 정말로 듣고 싶고, 읽고 싶던 말이 담겨 있었기 때문이다.

전문가용 책에는 외부인이 알아듣기 힘든 그들만의 유머가 계속 나옵니다. 나는 그 이야기의 어디가 재밌는지 그래서 어디에서 웃어야 할지 잘 모릅니다. (……) 그에 비해 입문자용 책은 일단 문지방이 낮은 것이 장점입니다. 거기에는 모든 독자를 손님처럼 맞이하는 상냥한 태도가 있습니다.[45]

'푸코, 바르트, 레비스트로스, 라캉'이라는 어마어마한 이름을 죽 늘어놓은 제목 앞에서 주눅이 들지 않는 사람은 드물 테다. '쉽게 읽기'라는 말이 뒤에 간당간당하게 붙어 있지만, 이런 유의 입문서에 속아본(?) 경험이 있는 사람이라면 긴가민가하게 마련이다. 그러나 「들어가는 말」의 첫 문단을 읽는 순간, '이 책은 나를 이해하고 있구나'라는 생각이 든다. 저자가 이렇게 말하기 때문이다. 당신이 왜 전문가용 책을 읽을 수 없는지 나는 압니다, 이 책에서는 당신(독자)을 손님처럼 맞이하겠습니다.

첫머리에서부터 '왜 읽을 수 없는가'에 대한 일종의 답을 제시하고 '읽을 수 없는 사람들'을 초대한 셈이다. 왜 이런 자세가 그렇게 희귀한지 그토록 오래 고민했던 게 어이없을 정도였다. 동시에 내 고민이 가치 없는 것이 아니었음을 깨닫기도 했다. 「들어가는 말」의 뒤이은 부분에는 많은 사람이 인문교양서에서 느끼는 일종의 좌절감과 반감이 왜 생기는지, 그리고 저자가 생각하는 좋은 입문서의 조건은 무엇인지 이야기한다. 사람들이 '전문가를 위한 책'에 '분노'하는 것은 그 책들이 이미 '정부' '시장' '국제 여론' 등 '어려운 용어'의 뜻을 알려주지 않고, '이 정도는 알고 있을 것'이라는 전제 위에서 쓰이기 때문이다.

> 그들은 자기 입으로 떠들고 있는 논제의 기본에 대해서는 결코 말하지 않습니다.[46]

여러 글과 인문교양서의 실패가 여기에서 비롯하는 게 아닐까. 예를 들어 존재론을 다루는 어떤 철학 책이 아무리 전문가들에게 좋은 평을 받는다 해도 그 좋은 평가가 '존재론'이라는 말 자체가 생소한 사람에게는 '지금 내가 왜 이 사실을 알아야 하는가'라는 질문에 설득력 있는 답이 되지는 못한다. '존재론'과 '평범한 사람의 삶'을 접합하는 말이나 글이 필요한 것이다. 그때 우치다 다쓰루가 취하는 자세는 '내가 모른다는 사실에서 출발하는 것'이다. 여기서의 '나'는 물론 독자이기도 하지만, 저자 자신이기도 하다. 이는 내가 이 책을 처음 읽었던 당시로서는 상당히 획기적이었지만, 한편으로는 당연하게 여겨지는 자세이기도 했다. 나 역시 '아무것도 모르는 철저한 초보'의 시각에서 책을 만들어야 한다고 생각했기 때문이다. '초보'라는 시각은 나만 갖고 있어서는 안 되고, 책을 쓰는 사람도 공유해야 한다. 그렇게 모른다는 사실에서 출발하여 전문가의 눈높이까지 끌고 오는 것이 바로 이 책과 같은 훌륭한 입문서의 목표다. 전문가는 책의 저자일 뿐만 아니라, 여기서 말하는 '푸코, 바르트, 레비스트로스, 라캉'이기도 하다. 우치다 다쓰루는 다음처럼 이야기하면서 독자들을 단숨에 이들 앞으로 데려간다.

구조주의라는 사상이 아무리 난해하다고 해도, 그것을 세운 사상가들이 '인간은 세상에 대해 어떻게 생각하고 느끼며 행동할까'라는 물음에 답하려고 했다는 사실에는 변함이 없습니다. 다만 그 물음에 대한 접근 방법이 보통 사람들보다 강하고 깊었을 뿐이죠. (……) 결국 그들이 그 탁월한 지성을 구사해 해명하려고 했던 것은 다름 아닌 '우리 보통 사람들'의 일상적인 생활에 담긴 본질적인 모습일 테니까요.[47]

이 책의「들어가는 말」은 내가 늘 곁에 두고 상기하고 싶은 글이다. 내가 품은 '왜 읽지 못하는가' '왜 모르는가'라는 매우 중요한 질문에 대한 저자 나름의 답을 제시할 뿐만 아니라, 그렇게 읽지 못하는 사람들, 모르는 사람들에게 어떤 식으로 말을 걸어야 '아, 알아봐야겠구나' 하는 마음을 갖게 하는지 알려주기 때문이다. 게다가 어려운 말을 다시 어렵게 설명하지 않고도 인류가 오래도록 좇아온, '시간, 죽음, 성, 공동체, 화폐, 기호, 교환, 욕망 등이란 무엇인가'라는 물음이 평범한 나 자신의 문제라는 것을 깨닫게 한다. 이 책은 '책이 나를 이해한다'라는 말이 생각나게 만든 첫 책이나 다름 없었다.

노야 시게키, 『당신의 자리에서 생각합니다』

『푸코, 바르트, 레비스트로스, 라캉 쉽게 읽기』는 '나도 이들에 대해 잘 모릅니다'라는 전제에서 출발하는 책이었다. 물론 저자는 프랑스 사상 연구자로서 '아는 사람'의 입장에서 글을 전개한다. '아는 사람'의 입장에서 '모르는 사람'을 위해 글을 쓸 때, 구체적으로 어떤 자세가 필요하고 어떤 기술이 필요한지 가르쳐주는 책이 있다. 바로 노야 시게키의 『당신의 자리에서 생각합니다』이다. 이 책의 원제는 『어른들을 위한 국어 수업大人のための国語ゼミ』으로, 나오자마자 일본에서 상당한 반향을 불러일으켰다.

「들어가며」 첫머리에는 다음과 같은 문제가 나온다. '전기밥솥으로도 밥을 지어본 적 없는 고등학생들이 캠핑장에 가서 밥을 하려고 하니, 이들에게 밥 짓는 법을 가르쳐주세요.' 일상에서 마주칠 법한 장면이다. 어떻게 설명하면 좋을까?

보통 반합은 네 홉들이라서 4인분 정도의 밥을 지을 수 있다. 우선 쌀을 인다. 그런 다음 쌀과 같은 양의 물을 부어 잠시 그대로 둔다. 물에 불려둔 쌀을 화덕에 올리고 불을 붙인다. 중요한 것은 불 조절이다. 옛날부터 밥을 지을 때는 '처음에 부글부글 끓이다가 중간에 불을 낮춘다'고 하는데, 이게 핵심이다. 25분 정도 끓인 뒤 불을 끄고 잠시 뜸을 들이면 완성이다.[48]

이 책에서 제시하는 '답안' 가운데 하나다. 하지만 이 답안은 좋은 답안이 아니다. 왜 그럴까? 여러분도 한번 생각해보기 바란다. 나는 사람들이 흔히 하는 '초보자를 위한 설명'이 왜 초보자를 위한 것이 아닌지에 대한 이 책의 설명을 읽으면서 말 그대로 머리를 한 대 얻어맞은 기분이었다. 교과서를 만들면서부터 수도 없이 느꼈고, 청소년 도서를 만들 때도 필자들에게 늘 독자를 생각하며 집필해달라고 요청한 나 역시도 '초보자'를 위한 배려 가득한 글쓰기에 도달하려면 아직 멀었다는 깨달음을 얻었기 때문이다.

초보자를 위한 배려라고 했으나 이는 정확하지 않은 말이기도 하다. 이 책에서 말하는 대로 이야기하자면 이는 '이해해주기를 바라는 마음'이다. 정말 이해하기를 바라는데 이해하지 못한다, 그래도 이해하기를 바란다. 이것이 이 책에서 말하는 말하기와 글쓰기의 전제다. 그것도 '어른들'을 위한 전제다.

나이를 먹고 경험이 늘면 저절로 아는 것들이 생긴다. 말과 글을 통해 얻기도 하지만, 직접 보고 듣고 행동하면서 얻는 앎도 많다. 어떤 단어나 용어를 능숙하게 사용하지만, 그 말을 어디서 처음 듣고 익혔는지 기억나지 않는 경우도 많다. 안다고 생각하는 걸 다른 사람이 이해할 수 있도록 설명하라거나, 어린아이나 중·고등학생을 위해 설명하라는 요구를 받았을 때, 자신의 '앎'이 얼마나 모호한지 깨달을 때가 있다. 『당신의 자리에서 생각합니다』에서는 먼저 그 사실을 깨닫게 한 다음, 모호한 앎을 논리성을 갖춘 말과 글로 변화시키려면 어떻게 해야 하는지 안내한다.

말을 잘하고 글을 잘 쓰도록 돕는 책은 정말 많다. 이 책에서 말하는 기술들(앞뒤 문장을 맥락에 맞게 연결하기, 요약하기, 근거 제시하기 등)은 특별할 것이 없다는 생각이 들기도 한다. 하지만 이 책은 특별하게 다가온다. 그 기술을 익혀야 하는 목적이 '남을 이해시키고 싶은 절실한 마음'이기에 그렇다. 이해하고 싶고 이해받고 싶은 마음이 절실하다면 어떻게 해야 하는지를 이 책은 정말 잘 설득한다.

한 가지 주목하고 싶은 점은 노야 시게키는 철학자로서 철학자들이 자주 사용하는 글쓰기 수법인 '대화 형식'의 책을 교양서로 낸 적이 있다는 사실이다.[49] 대화 형식을 띤 책은 '나와 다른 사람'의 대화를 상정하지만 결국은 '철학자' 자신이 자신과 주고받는 대화를 담는다. 이와 달리 『당신의 자리에서 생각합니다』를 관통하는 것은 '나 아닌 다른 사람', 즉 타자를 대하는 태도다. 어떻게 이런 전환이 일어났는지 쉽게 짐작하기는 어렵다. 저자가 '교과서'를 집필한 적이 있다는 점에서 힌트를 찾을 수 있지 않을까 싶다. 교과서는 쓰고 싶은 대로 쓰면 안되는 책이다. 이미 '독자'가 정해져 있고, 그 독자를 위한 지식 수준과 문장 수준도 결정되어 있어서 저자의 자율성을 때로는 극도로 제한하는 책이 교과서다. 노야 시게키는 자신의 자율성을 제한하는 데서 오히려 새로운 소통의 가능성을 발견하지 않았을까?

내 마음대로 쓸 수 없고, 모든 문장을 어린 독자들을 위해 써야 하는 책. 그렇게 해서 반드시 이해 받아야 하고 이해를 받지 못하면 쓸모가 없는 책. 그러자면 '내면의 대화'로만은 부족한 부분이 보이게 마련이다. 저자는 정말로 자신의 책을 읽어야 하는 '타자'를 그때 발견하지 않았을까? 노야 시케키는 더 잘 읽고 잘 써야 하는 이유는 다름 아닌 타자와 진정으로 소통하고 싶어서이고, 그런 자세를 갖추어야만 바뀐다고 주장한다. 잘 읽기와 잘 쓰기는 '나'를 위한 일이지만, 그것이 곧 '다른 사람'을 위하는 일이기도 하다는 것을 이만큼 절실하게 느끼게 한 책은 드물었다.

오사와 마사치, 『사회학사』

대학 졸업 후에도 전공 관련 서적을 읽는 사람도 있겠지만, 많은 사람이 전공과 상관없는 직업을 택하면서 전공 서적을 책꽂이 한쪽에 모셔두거나 아예 처분할 것이다. 나는 명색이 사회학을 전공했지만, 전공을 인정받는 일을 한 경우가 없다. 솔직히 말하자면 대학에 들어가기 전까지 사회학이라는 학문이 있는지조차 몰랐다. 어쩌다 보니 사회학을 공부하게 되었고, 이제까지 몰랐던 '(학문의) 신세계'가 있다는 사실도 알았다. 대학 4년 동안의 공부는 엉망에 가까웠고, 누가 사회학에 대해 말해보라고 했다면 거의 할 말이 없었을 것이다. 사회학을 공부하며 얻은 것이라고는 몇몇 학자의 이름과 책 제목, 그리고 사회학 밑에 어떤 분과 학문들이 있는지, 사회학과 연관이 깊은 학문으로는 어떤 것들이 있는지 정도가 아니었나 싶다. 대학을 졸업한 이후에는 많은 사람이 그렇게 하듯이 사회학 입문서를 펼쳐볼 생각조차 하지 않았다.

　세월이 흘러 지금의 나를 문득 살펴보니 인문학 서적 가운데서도 입문서에 늘 눈독을 들이는 사람이 되어 있었다. 그렇다 해도 사회학 입문서는 다시 볼 생각을 못 하다가 재작년에 오사와 마사치의 『사회학사社会学史』[50](한국어판 미출간)라는 책을 읽게 되었다. 책을 구입해야 할지 처음엔 망설였다. 오사와 마사치는 내셔널리즘(국민주의/민족주의)을 공부하면 만날 수 있는 일본의 사회학자지만, 그의 글이 어렵다는 인상을 받았기 때문이다. 내 머릿속의 오사와 마사치는 아무렇지도 않게 다음처럼 쓰는 (그리고 나는 제대로 읽을 수 없는) 일반적인(?) 인문학자였다.

　오늘날의 내이션〔네이션의 오기─인용자〕과 직결되는 듯한 최초의 사건은 경험적인 시간 내부에 존재하는 특정한 사건으로서 설명되어야만 하는 것이다. 단적으로 말하면, 내이션의 기원은 우주 그 자체의 기원과 동일시될 수는 없다. 내셔널리즘의 상징이란, 기원이라고 간주된 그 사건이 경험적인 실재라는 것을 '입증'하는 사물인 것이다. 기원의 사건을 우주론적인 것으로부터 구별하는 것, 즉 그것을 역사적인 것으로서 경험적으로 자리매김하는 것은 내이션이라는 정체성의 자각에 결정적으로 중요한 것이다. 그 내이션을 다른 내이션으로부터 구별하여 특징짓는 것은 단지 그 내이션이 체험해온 역사의 특수성밖에 없기 때문이다.[51]

내 예상이나 두려움과 달리 『사회학사』는 학술적인 글을 쓰는 사람이 어떻게 일반인을 위한 '입문서'를 쓸 수 있는지를 보여주는 모범 답안 같았다고 해도 과언이 아니다. 아리스토텔레스 시대부터 시작하여 독일의 사회학자 니클라스 루만에 이르기까지 '사회질서는 왜 성립되었는가'라는 질문을 학문적으로 탐구해온 역사를 서술하는 부분이 물론 쉽지만은 않다. 게다가 종이책은 일반 단행본보다 작은 신서판이기는 하지만, 638쪽에 이를 정도로 양도 만만치 않다. 그러나 계속 읽게 만드는 힘 가운데 하나는 오사와 마사치가 '언어 내 번역'의 중요성을 자각하고 이를 능숙하게 구사하는 사람이라는 사실이었다. 그는 학문 용어를 밑도 끝도 없이 독자들 앞에 불쑥 들이밀지 않으며 일상적 용어와 분리해서 다루어야 한다는 사실을 명확히 제시한다.

더 나아가자면 '○○은 어떻게 해서 가능한가'라는 문제가 제출될 때는 '지금 그것이 존재하긴 하지만 기적적인 일로 보인다'는 점이 중요합니다. 설명이 필요하지 않을 정도로 명백하게 보인다면 탐구의 대상이 되지 않습니다. 지금 존재하는 (혹은 이미 존재했던) 사회질서인데 이 질서가 존재한다는 사실이 불확실하게 보입니다. **그러한 감각을 사회학에서는 '우유성contingency'이라는 중요한 용어로 부릅니다. 제가 특히 좋아하는 용어이지만 어려운 말이지요. 일상용어로는 전혀 쓸 수 없는 말이니까요. 보통 대화에서 '우유성' 같은 말은 쓰지 않습니다.[52]**

"보통 대화에서 '우유성' 같은 말은 쓰지 않"는다는 사실은, 이 책에서 무엇을 의미할까? 당연히 우유성이라는 개념을 다르게 표현하고, 설명해야 하지 않느냐는 의문이 따라올 것이다. 실제로도 그렇게 한다. 간혹 어려운 문장이 없지는 않지만, 대체로 위와 같은 개념을 바꾸어 말하는 식으로 학술 용어에 친숙하지 않은 사람들 가까이 다가가려고 애쓴다.

또 놀라운 사실은 일본의 학계에서 오랫동안 사용해 왔을 법한 개념들조차 '바꿀 수 있다/바꿔도 된다'는 가능성을 제시한다는 점이다. 다음 예문들을 보자.

데리다에 따르면 제로기호가 부가됨으로써 구조가 그야말로 구조로서 성립합니다. 연합적군의 예에서는 '공산주의'라는 시니피앙이 더해지지 않으면 그들의 가혹한 전쟁놀이는 무엇을 위한 것인지 절대 규정되지 않습니다. 제로기호란 이른바 '화룡점정'입니다. 이것이 더해짐으로써 구조 안의 요소 전체의 의미가 규정됩니다. **이 부가를 데리다의 용어로는 '쉬플레망supplément(영어로는 supplement)'이라고 부릅니다. 이유는 모르겠지만 일본어로는 '대보代補'라고 번역하는 경우가 많습니다.**[53]

그렇다면 파슨스는 왜 파레토를 등장시켰을까요? 파레토 최적이라는 개념은 그야말로 공리주의적인 세계관에 준하고 있는데 파레토라는 사람은 동시에 인간의 행위에는 두 종류가 있음을 중시했습니다. 하나는 지금 든 예처럼 각 개인이 만족도를 최대화하려고 행동할 때에는 인간이 합리적입니다. 하지만 파레토는 그러한 **논리적인 행위뿐만 아니라 일종의 비합리적인 행위도 있음을 중시했습니다. 논리적인 행위가 아닌 '나머지(잔여)' 행위입니다.** 예전에는 어려운 말로 이를 '잔기殘基(residue)'라고 번역했지만 이러면 잘 알 수 없습니다. 그러므로 여기서는 '비논리적인 행위'라고 하겠습니다.[54]

이 무슨 평범한 결론인가 싶지만 어쨌든 『사회적 행위의 구조』라는 대저의 대략적인 결론은 이런 것입니다. 이 책은 학설사 연구이므로 파슨스도 조금은 조심스럽게 접근했다고 생각합니다.

이 책의 끝부분에서 파슨스는 '행위의 준거틀action frame of reference'이라는 말을 꺼냅니다……. 번역하기 까다로운 말이네요. 지금의 젊은 연구자들이라면 이런 식으로 번역하지 않을 테지요. '행위의 틀(짜임새/테두리)' 정도로 번역하지 않을까 싶습니다.[55]

예문의 내용은 차치하고 강조한 부분만 살펴보자. '대보' '잔기' '행위의 준거틀' 등은 아마도 한국에서 데리다나 파레토, 파슨스를 읽은 연구자라면 익숙한 용어들일 것이다. 익숙한 용어라서 자신들이 쓰는 문장에도 아무런 고민 없이 가져와 썼을 것이다. 위에서는 어떤가. "이유는 모르겠지만 일본어로는 '대보'라고 번역하는 경우가 많다" "예전에는 어려운 말로 '잔기'라고 번역했지만 이러면 (일반인들이) 잘 알 수 없다. 그러므로 비논리적인 행위라고 하겠다" "지금의 젊은 연구자들이라면 '행위의 준거틀'이라고 번역하지는 않을 것이다" 등등 인문학자로서 지식과 권위를 과시할 수 있는 개념 사용을 내려놓고 이것들을 자유롭고 쉽게 다룬다. 우선 그 개념이 무엇을 뜻하는지 정확히 알아야 가능한 일이다. 정확히 아는 데서 그쳐서는 안 되고, 이를 다른 말로 바꾸어서 정확히 표현할 수 있어야 한다.

오사와 마사치의 자유로운 개념 설명을 볼 때, 왜 이런 작업이 한국에서는 그토록 어려운지를 생각하게 된다. 개념을 음독하여 받아들이기는 했으나, 개념의 기원과 역사성에 대한 연구가 아직 미진하다는 것이 하나의 이유가 아닐까? 저 말들은 한국어인 척하지만 원래 한국어가 아니다. 심하게 이야기하면 '카세트 효과'의 기능만 강하고, 실제로 카세트 안에 무엇이 들어 있는지는 모르는 상태라고 할 수 있다. 개념의 역사성에 대한 연구가 미진하기 때문에 오히려 개념을 신줏단지 모시듯이 하면서 '바꿔서는 안 되는' '불변의' 무엇처럼 생각한다는 점이 두번째 이유일 것이다. 내 아버지가 그렇게 써왔고, 그 아버지의 아버지가 그렇게 써왔으니까 이 개념들은 바꿀 수 없다—수다한 인문학자의 문장에서 툭툭 튀어나오는 많은 철학 개념이 이런 인상을 준다면 지나친 말일까?

사실 '언어 내 번역'은 오사와 마사치만의 장기도 아니다. 우치다 다쓰루의 『푸코, 바르트, 레비스트로스, 라캉 쉽게 읽기』에서도 그런 대목들을 찾을 수 있다.

그리스 비극을 보고 감동을 받은 고대 그리스 사람들의 '감동의 방법' 그 자체에 감동했다는 '곱해진 감동'에 의해 니체는 '모든 문명의 배후에 끊이지 않고 살아남아 세대나 민족사가 여러 번 바뀌어도 영원히 변하지 않는'(『비극의 탄생』) 것을 다루려고 했습니다.

그것은 헤겔이 '자기의식'이라는 말로 주장하려고 했던 것과 별로 다르지 않습니다. 왜냐하면 '자기의식'이란 간단하게 말하면 '지금의 나'로부터 벗어나 상상적으로 규정된 이질적인 자리에서 자기를 돌아보는 것을 의미하기 때문입니다.[56]

그들〔19세기 독일의 부르주아이며 그리스도교 신자였던 이들—인용자〕은 어떤 특정한 시대의 특정한 지역에서 통용되는 고유의 편협하고 왜곡된 세계관에 사로잡혀 있었고 그것은 '세대나 민족사가 계속 변해도 영원히 불변한 것'이라고 믿고 있었습니다. 자기의식의 이 치명적인 결여 때문에 니체의 눈에는 그 동시대인들이 자기가 '누구인지'를 알지 못하고 자기가 어떤 방법으로 '생각하고' 있는지를 모르는 끔찍한 바보로 비쳐졌던 것이지요.

왜 이처럼 바보들이 19세기 말에 갑자기 많아진 것일까요? 니체의 계보학적인 사고는 그 역사적인 연원을 따지기 시작합니다. 간단히 말해 니체의 그 이후 모든 저작에 대해서는 '어떻게 해서 현대인은 이렇게 바보가 되었는가?'라는 큰 제목을 붙일 수가 있습니다.[57]

읽는 사람이 웃음이 날 정도로 쉽고 간단해 보이는 글이지만, 이렇게 쓰는 비결은 절대로 간단하지 않다. 감히 누가 니체의 『비극의 탄생』 이후 저작들의 주제를 '어떻게 해서 현대인은 이렇게 바보가 되었는가?'라고 한마디로 과감하게 요약해 제시할 수 있단 말인가? 그렇게 해도 된다는 자유, 그렇게 할 수 있다는 자신감 없이 가능한 일이 아니다. 그리고 이것이야말로 내가 보기에는 학문하는 자신감이고, 자유다. 그 자신감과 자유가 이들 책에서 '이해해주기를 바란다'는 절실한 마음이 더해진

'언어 내 번역'을 이룩한 것이 아닌가 한다.

다시 『사회학사』로 돌아가자면, 그저 문장이 쉽다는 것만이 이 책의 미덕이라고 할 수는 없다. 이 책은 기본적으로 아리스토텔레스를 비롯하여 로크, 루소, 홉스, 마르크스, 베버, 지멜, 스펜서, 파슨스, 프로이트, 레비스트로스, 푸코와 니클라스 루만에 이르기까지 위대한 학자들이 '사회질서는 왜 성립되었는가'를 어떤 식으로 탐구해왔는지를 말한다. 어마어마한 이름들을 보고 있노라면 아무리 문장이 쉬워도 상당한 각오를 하고 책 읽기에 덤벼들어야 한다는 생각이 든다. 그런데 의외로 상당히 재미있게 읽고 있는 나 자신을 발견했다. 왜일까? 문장 덕택만은 아니라고 생각한다. 그 문장들이 말하는 내용은 한 학자를 이해하는 데 필수적인 '핵심 사항들'이기 때문이다. 예를 들어, 미셸 푸코를 이해하는 데 가장 핵심적인 키워드는 '담론'과 '권력'이다. 푸코의 담론과 권력을 다룬 문헌은 무수히 많다. 그러나 담론과 권력 사이의 관계를 200자 원고지 서너 장 정도로 간명하게 되도록이면 일반인이 이해하도록 써보라고 하면 어떨까? 이 책이 바로 이런 작업을 한다.

푸코의 초기 연구, 담론 분석을 살펴봤습니다. 이를 감안하면 푸코는 다음에 무엇을 해야 했을까요? 담론의 집합의 복잡성은 감소한다, 즉 담론은 희소화됩니다. 그러면서 담론 분포에 특정한 경향성이 생겨납니다. 이러한 사실이 그때까지의 연구에서 명백해집니다. 그렇다면 나아가 질문해야만 하는 것은 담론의 출현과 존재를 정하는 요인이 무엇인지가 아닐까요? 이 문제에 대한 답으로 푸코가 제기한 것은 '권력(프: pouvoir, 영: power)'입니다.

권력은 사회학의 전통적인 주제입니다. 하지만 푸코의 권력 개념은 그때까지 없었던 새롭고 획기적인 것이었습니다. 그때까지 권력은 타자에게, 그의 의지에 반하는 것을 강제할 가능성으로서 정의되었습니다.(베버의 정의) 권력의 대상이 되는 타자는 하고 싶은 바를 할 수 없습니다. 즉, 권력은 억압하는 작용으로서 간주되었습니다. 권력에 속한다는 것은 보통 금지 명령이라고 생각되어왔습니다.

이러한 전통적인 권력에 비해 푸코가 발견한 권력은 담론의 생산을 부추기는 권력입니다. 즉, 억압하는 권력이 아니라 구성하는 권력입니다. 푸코가 개념화한 권력은 사회과학에서 그때까지 아무도 생각하지 않았던 권력입니다. 이렇게 해서 푸코의 초기 담론 분석은 권력 분석으로 계승

됩니다.[58]

『사회학사』를 읽으면서 나는 오래전에 이렇게 강의하는 선생님을 만났더라면 사회학에 좀 더 쉽게 접근할 수 있지 않았을까 하는 아쉬움을 느꼈다. 하지만 지금도 늦지 않았다고 생각한다. 이 책에는 각 학자들을 이해할 수 있는 핵심 키워드가 있고 그것만 다시 살펴보아도 재미있다. 사회학 '고전'에 도전하려 할 때도 옆에 두고 언제든 펼쳐서 키워드에 대한 설명을 참고할 수 있다. 가끔 언급되는 '참고 문헌'도 찾아보고 싶다는 생각이 든다. 이 책만 읽어도 재미있고, 책에 언급된 고전에 도전할 만한 용기가 생기며, 고전을 읽을 때 다시 참고할 만한 책. 생각해보니 『사회학사』는 내가 생각하는 좋은 입문서의 요건을 다 갖춘 책이다.

마지막으로, 이 책에서 얻은 다른 소득이 있다면 앞에서 얘기한 '우유성'이라는 개념을 알게 된 것이다. "지금 존재하는 (혹은 이미 존재했던) 사회질서인데 이 질서가 존재한다는 사실이 불확실하게 보입니다." 내게도 그렇게 보이는 것이 있다. 바로 현재의 한국어다. 다른 가능성도 얼마든지 있었겠지만, 현재의 한국어라는 질서가 성립하고 있다. 그리고 내게는 항상 이것이 어딘가 이상해 보인다. 이 안에 속해 있기는 하지만, 내가 늘 의문을 품을 수밖에 없는 질서. 소박하기는 하지만 나 역시 사회학적 태도를 지니고 살아온 게 아닐까 하는 자신감이 생긴다. 나의 '사회학 입문'은 아주 오랜 세월을 거쳐 작게나마 하나의 매듭을 지었다는 생각이 든다.

〔마치며〕

나는 기본적으로 읽는 사람이다.

홀륭한 필자를 찾아 그들과 함께 책을 만들기를 바라고, 외국의 좋은 책이 있으면 소개해서 번역하는 일이 직업이다. 내 삶의 무게중심은 항상 '읽기'에 놓여 있었고, 직접 책을 쓰겠다는 생각은 해본 적이 없다. 그리고 읽기조차도 늘 버거웠다. 일을 잠시 쉬고 공부를 한 적도 있지만 여러 가지 사정으로 포기한 다음부터는 이런 생각이 더욱 굳어졌다. 노력 부족도 부족이지만 나는 쓰기에 재능이 없고 인연도 없다는 생각.

일을 하면서, 또 잠깐이나마 공부를 하면서 가진 문제의식은 지금까지도 거의 풀리지 않았다. 나는 직업상 책을 만들 때나 번역을 할 때마다 더 많은 이들이 읽으면 좋겠다는 생각을 했고 그러자면 어떻게 해야 하는지도 고민할 수밖에 없었다. 좋아하는 선생님들이 많지만 그 선생님들의 글쓰기가 왜 특정한 사람들에게만 가닿는가, 왜 확장성이 그렇게 약한가 하는 문제의식. 그분들이 자유자재로 구사하는 수많은 어려운 개념들이 결국 이 땅에서 태어난 게 아니라는 문제의식. 매체 환경이 지난 20여 년 간 급속도로 변했지만, 인터넷이 없던 시절에 독서와 공부로 일가를 이룬 분들이 이제 더이상 통하지 않는 독서와 공부에 대한 고담준론을 늘어놓는다는 문제의식. 떼어놓고 보면 다른 문제 같지만 한국에서 학술 용어가 성립된 근원을 들여다보면 인문교양서의 독서가 왜 그렇게 까다롭게 느껴지는지 실마리를 잡을 수 있겠다는 생각이 들었다. 결국은 문제의식을 제시하는 것에 그칠 수밖에 없다는 것도 안다. 그래도 문제의식이라도 들어보자 하는 사람이 있다면 용기를 내자고 마음먹었다.

그 용기의 결과가 이 책이다. 그리고 이 책의 마지막 장을 쓰고 있는 지금도 나는 여전히 '읽는 사람'이다. 읽기는 내 삶의 일부이자 일이기에 나와 떼어놓고 생각할 수 없지만, 어떤 책의 읽기는 아직도 힘겹다. 경험은 다를 수 있어도 독서가 힘겹다고 생각하는 사람들이 있다면 왜 힘겨운지 차근차근 이야기하고 싶었고, 그것이 곧 당신만의 문제가 아니라는 걸 말하고 싶었다. 이런 문제의식을 공유한 다음에는 여전히 버겁지만 읽기가 조금 다르게 느껴지지 않겠느냐고 말을 걸고 싶었다. 그뿐이다. 이런 말 걸기가 성공적이었는지는 잘 모르겠다. 이 책 또한 '어렵고 지겨운 글'의 카테고리에 들어갈 수 있다는 사실을 모르지 않으며, 이를 쉽사리 극복하지 못하는 것 또한 내 한계임을 잘 안다. 나의 쓰기 또한 이 책에서 제시한 '어려운 글'을 쓰신 여러 선생님 세대의 공부와 쓰기에서 도리 없이 영향을 받은 부분이 있기 때문이다. 이런 영향들을 발전적으로 극복하고 일반인의 말과 글쓰기 그리고 학술적인 글쓰기 사이를 훌륭하게 이어주는 더 많은 필자가 나오기를 바란다.

지금까지 '왜 읽을 수 없는가'에 대해, 그리고 잘 읽지 못하는 경험에 대해 이야기했지만, 돌이켜보면 그래도 '읽을 수 있다'는 것이 희망이었음을 부인하지는 못하겠다. 느려도 하나씩 배우면 한 문장씩 읽을 수 있게 되고, 단번에 늘어나지는 않지만 그럼에도 하나씩 쌓이는 게 있다. 고백하자면 내 읽기는 여전히 '입문서' 주변을 맴돌고 있다. 하지만 이전과는 달리, 읽기 전에 겁을 먹기보다 읽으면서 두근거리는 책이 늘었다. 나는 이 사실을 책을 준비하기 바로 직전에 홀연히 깨달았다. 그리고 그 홀연한 깨달음은 우연히 메멘토의 박숙희 대표님이 책을 내보지 않겠느냐고 한 제안과 맞물렸다. 이 책은 『당신의 자리에서 생각합니다』를 번역 출간한 다음, 아쉬우니 독자들과의 만남을 준비해보자는 대표님의 말씀에서 출발했다. 독자들과의 만남에서 이야기할 거리로 준비했던 차례는 거의 고스란히 이 책의 차례가 되었다. 오랫동안 하고 싶었던 이야기를 책으로 쓸 기회를 주신 박숙희 대표님, 이름 없는 번역자의 이야기를 듣겠다고 찾아오신 그날의 독자들, 그리고 이 책에서 내가 한 이야기를 언제까지나 같이 나누고 싶은 가족에게 감사함을 전하고 싶다.

〔주〕

1   테리 이글턴, 『문학이론입문』, 김명환·정남영·장남수 옮김, 창작과비평사,
     1986, 9쪽.

2   박권일, 「[박권일의 다이내믹 도넛] 메시지와 메신저」,《한겨레》, 2020. 9. 10.
     https://n.news.naver.com/article/028/0002512485

3   천정환, 「[정동칼럼] '진보의 위선'에 대한 단상」,《경향신문》, 2020. 8. 6.
     https://n.news.naver.com/mnews/hotissue/article/032/0003025107?cid=
     1014855

4   「매달 적자 나도 사회학자가 서점 안 접는 이유요?」,《한겨레》, 2020. 9. 11.
     https://n.news.naver.com/article/028/0002512533

5   '위즈위드' 2020년 8월 4일자 광고 메일 제목.

6   김호기, 「[김호기의 굿모닝 2020s] 액체 사회가 만들어낸 고립감과 불안감,
     어떻게 맞설 것인가」,《한국일보》, 2020. 8. 11.
     https://n.news.naver.com/article/469/0000524321

7   주병기, 「[경제직필] 노동 멸시 '탐욕 사회' 미래는 없다」,《경향신문》, 2020. 8. 19.
     https://news.naver.com/main/read.nhn?mode=LSD&mid=sec&oid=032&aid
     =0003027341&sid1=001

8   진중권, 「[진중권의 트루스 오디세이] '내로남불도 우리가 하면 괜찮아' 완장
     은 부끄러움마저 덮는다」,《한국일보》, 2020. 7. 2.
     https://n.news.naver.com/article/469/0000511619

9 「[이슈플러스] 상명하복식 직장·학교 문화⋯화병에 시달리는 사람들」,《세계일보》, 2017. 6. 25.
https://news.v.daum.net/v/20170625190254721?f=m

10 「['시험사회' 문제를 풉시다](중)성적도 직업군도 이미 대물림⋯'시험 통한 출세'는 허상일 뿐」,《경향신문》, 2017. 12. 19.
https://news.v.daum.net/v/20171219223131621?f=m&rcmd=rn

11 「[겨를] 익숙하지만 고통스러운 '한국어 고통의 전당'에 대해」,《한국일보》, 2019. 10. 9.
https://n.news.naver.com/article/469/0000429215

12 「일상적 대화에도 '나만 맞고 넌 틀려'⋯댓글폭격에 너도나도 녹초」,《매일경제》, 2018. 8. 15.
https://news.v.daum.net/v/20180815175400518?f=m

13 「"혐오를 팝니다"⋯'혐오 비즈니스'에 빠진 대한민국」,《시사저널》, 2019. 8. 19.
https://news.v.daum.net/v/20190819100107183

14 위근우, 「'모두까기'를 주저하다」,《시사인》, 2014. 9. 23.
https://www.sisain.co.kr/news/articleView.html?idxno=21249

15 와시오 켄야,『편집이란 어떤 일인가』, 김성민 옮김, 한국출판마케팅연구소, 2005, 34~35쪽.

16 https://www.aladin.co.kr/m/mseriesitem.aspx?ViewRowsCount=25&ViewType=Detail&SortOrder=5&page=1&Stockstatus=1&PublishDay=84&SRID=4492&BranchType=1&VType=0

17 「홍성신서 도서목록」, C. 라이트밀스,『사회학적 상상력』(홍성신서 제3권), 강희경·이해찬 옮김, 1978(제4쇄, 1983), 267~268쪽.

18 이택광,『인문좌파를 위한 이론 가이드』, 글항아리, 2010, 21쪽.

19 서동욱,『철학 연습』, 반비, 2011, 8쪽.

20　貫成人,『大学4年間の哲学が10時間でざっと学べる』, KADOKAWA, 2019(전자책).

21　엄기호,『나는 세상을 리셋하고 싶습니다』, 창비, 2016, 57쪽.

22　엄기호,『나는 세상을 리셋하고 싶습니다』, 84쪽. (3)(4)는 예문에 실린 원주.

23　토마스 렘케,『생명정치란 무엇인가』, 심성보 옮김, 그린비, 2015, 65쪽.

24　다카다 아키노리,『나를 위한 현대철학 사용법』, 지비원 옮김, 메멘토, 2016.

25　다카다 아키노리,『나를 위한 현대철학 사용법』, 61~66쪽 참조.

26　라이너 슐테, 존 비게넷 엮음,『번역이론―드라이든에서 데리다까지의 논선』, 이재성 옮김, 동인, 2009, 228~240쪽.

27　https://news.naver.com/main/read.nhn?mode=LSD&mid=sec&oid=018&aid=0004825164&sid1=001

28　이오덕,『우리글 바로쓰기』1, 한길사, 1989, 291쪽.

29　이오덕,『우리글 바로쓰기』1, 12쪽.

30　이오덕,『우리글 바로쓰기』1, 217쪽.

31　야나부 아키라,『번역어 성립 사정』, 서혜영 옮김, 일빛, 2003.

32　김지연,『대한제국 관보의 일본어 어휘 수용 연구』, 제이엔씨, 2012.

33　김지연,『대한제국 관보의 일본어 어휘 수용 연구』, 3쪽.

34　김지연,『대한제국 관보의 일본어 어휘 수용 연구』, 28~29쪽.

35　김지연,『대한제국 관보의 일본어 어휘 수용 연구』, 17쪽.

36　김지연,『대한제국 관보의 일본어 어휘 수용 연구』, 151쪽.

37 「법률 용어는 쉬운 말로」,《동아일보》, 1981. 12. 12, 2면.

「요부조자·몽리자가 무슨 말?…어려운 법률용어 대폭 정비」, 연합뉴스, 2016. 10. 8.
http://naver.me/53O1XcOk

「[단독] 행안부, 일본식 한자어 23개 일괄정비…부락은 '마을' 구좌는 '계좌'로」, 파이낸셜뉴스, 2017. 10. 8.
https://news.naver.com/main/read.nhn?mode=LSD&mid=sec&oid=014&aid=0003885415&sid1=001

「[기고] 법령 속 일본식 용어 바르게 다듬기」,《세계일보》, 2019. 12. 16.
https://news.naver.com/main/read.nhn?mode=LSD&mid=sec&oid=022&aid=0003422691&sid1=001

「[고쳐 쓰자, 과학용어] (1)'게놈'은 '유전체'로, '아밀라아제'는 '아밀레이스'로」,《동아사이언스》, 2020. 10. 12.
http://dongascience.donga.com/news.php?idx=40500

38 마루야마 마사오, 가토 슈이치,『번역과 일본의 근대』, 임성모 옮김, 이산, 2000.

39 김지연,『대한제국 관보의 일본어 어휘 수용 연구』, 104쪽.

40 山本貴光,「はじめに」,『「百學連環」を読む』, 三省堂, 2016, 11쪽. 이하 국내 미출간 문헌 인용문의 번역은 모두 필자가 했다.

41 김지연,『대한제국 관보의 일본어 어휘 수용 연구』, 28~29쪽.

42 石井雅巳,『西周と「哲学」の誕生』, 堀之内出版, 2019, 5쪽.

43 「'돈카츠'집 사위, 튀김을 과학으로 해부하다」,《경향신문》, 2020. 8. 3.
https://news.naver.com/main/read.nhn?mode=LSD&mid=sec&oid=032&aid=0003024598&sid1=001

44 우치다 타츠루,『푸코, 바르트, 레비스트로스, 라캉 쉽게 읽기』, 이경덕 옮김, 갈라파고스, 2010.

45   우치다 타츠루, 『푸코, 바르트, 레비스트로스, 라캉 쉽게 읽기』, 3쪽.

46   우치다 타츠루, 『푸코, 바르트, 레비스트로스, 라캉 쉽게 읽기』, 6쪽.

47   우치다 타츠루, 『푸코, 바르트, 레비스트로스, 라캉 쉽게 읽기』, 11~12쪽.

48   노야 시게키, 『당신의 자리에서 생각합니다』, 지비원 옮김, 2020, 메멘토, 6쪽.

49   野矢茂樹, 『哲学の謎』, 講談社現代新書, 1996.

50   大澤真幸, 『社会学史』, 講談社現代新書, 2019(전자책).

51   오사와 마사치, 『내셔널리즘의 역설―상상의 공동체에서 오타쿠까지』, 김선화 옮김, 어문학사, 2014, 37쪽.

52   大澤真幸, 「序」, 『社会学史』.

53   大澤真幸, 「Ⅲ-3 意味構成的なシステムの理論 ルーマンとフーコー」, 『社会学史』.

54   大澤真幸, 「Ⅲ-1 パーソンズ 機能主義の定式化」, 『社会学史』.

55   大澤真幸, 「Ⅲ-1 パーソンズ 機能主義の定式化」, 『社会学史』.

56   우치다 타츠루, 『푸코, 바르트, 레비스트로스, 라캉 쉽게 읽기』, 48쪽.

57   우치다 타츠루, 『푸코, 바르트, 레비스트로스, 라캉 쉽게 읽기』, 49쪽.

58   大澤真幸, 「Ⅲ-3 意味構成的なシステムの理論 ルーマンとフーコー」, 『社会学史』.

메멘토문고·나의독법 01

왜 읽을 수 없는가

인문학자들의 문장을 돌아보다

초판 1쇄 발행 2021년 6월 25일

지은이 지비원
교정 문해순
디자인 이지선

펴낸이 박숙희
펴낸곳 메멘토
신고 2012년 2월 8일 제25100-2012-32호
주소 서울시 은평구 연서로26길 9-3 동양오피스텔 301호(대조동)
전화 070-8256-1543 팩스 0505-330-1543
이메일 mementopub@gmail.com

ⓒ 지비원
ISBN 978-89-98614-91-1 (세트)
ISBN 978-89-98614-93-5 (04800)